EN TIEMPO DE TORMENTAS

EN TIEMPO DE TORMENTAS

JORGE CÁCERES HERNÁNDEZ

A mi abuelo Gregorio.

Capítulo 1

Gregorio conoció a Marcela a principios del verano de 1917. Aunque el ambiente internacional estaba candente, las personas vivían sus vidas con total despreocupación, ajenas a que los meses siguientes serían decisivos para la historia de la humanidad. Pero vayamos paso por paso.

El padre de Marcela se llamaba Leopoldo y poseía una de las mayores fábricas de tornillos y tuercas del país. Era un hombre alto, de fuertes mandíbulas, rara vez se le podía ver relajado y disfrutando de las pequeñas cosas de la vida que te hacen sentir vivo. Era un señor que solo vivía para sus negocios y no es de extrañar la reacción que tuvo cuando María, la madre de Marcela, le pidió a su marido poder pasar todos juntos los meses de verano en la mansión de Isla Verina.

Leopoldo sabía que no era el momento de dejar la empresa en manos del torpe de su ayudante. En los siguientes meses probablemente se decidiría el futuro de su bolsillo y por supuesto el de su familia. Pero Leopoldo jamás pudo negarse a los deseos de su mujer y menos cuando ella ponía esa mirada prediseñada de corderito degollado.

María, aun a sus cuarenta años, seguía siendo tremendamente atractiva. Su físico no era ni por el asomo el que tenía cuando enamoró a Leopoldo, pero ella era una de esas mujeres que cuando entraban en una habitación lo hacían pisando fuerte y por lo general todo el mundo solía pararse, aunque solo fuera un segundo, a verla pasar.

Marcela era joven, tenía una gran melena castaña, la cual su criada, llamada Aurora, se encargaba de peinar y cepillar todas las mañanas. Su cara era la de una niña aun inexperta, pero ya dejaba entrever pequeños atisbos de rebelión y ganas de vivir en sus cristalinos ojos color chocolate. Pasaba muchas horas al día estudiando con sus profesores de matemáticas, literatura, piano y deportes. Lo más que le gustaba de las horas de ejercicio es que al menos le permitían salir fuera de las agobiantes y encarceladoras paredes de su casa. En la mansión había vacas, cerdos, cabras, gallinas y caballos entre otros animales, además de inmensos campos de cultivo en donde crecían las vides que daban las mejores uvas de la región. Últimamente Marcela solía escaparse a hurtadillas a los establos, en donde montaba a su mejor caballo, llamado Cipriano (un pura sangre español, de color blanco perla y una enorme melena plateada). Solía llegar más allá de las tierras de la familia, para luego volver a casa, pasando primero por las bodegas en donde solía estar Dámaso, el encargado del vino. Juntos solían disfrutar de un vaso de vino mientras poco a poco acababan con algún queso de cabra y un poco de pan. No se vivía mal en la casa de los Baeza.

La vida de Gregorio, en cambio, no era tan glamorosa. Él no tenía lujos de los que presumir, ni siquiera profesores de los que aprender. Lo único que tenía consigo era esas enormes ganas de vivir y descubrir.

La familia de Gregorio siempre fue pobre. Cuando cumplió la tierna edad de nueve años, sus padres consideraron que no estaban dispuestos a cargar con otra boca más a la que alimentar. Tres hijos eran suficientes para ellos. Aunque le doliera en el alma, su padre lo llevó al puerto en donde Fermín (el dueño de varios barcos de pesca), pagó para que el chico trabajara para él de forma indefinida. Lo subió en su pequeño barco y juntos, amo y sirviente, partieron para jamás volver al puerto en donde Gregorio vio por última vez a su padre.

Fermín fue el tutor del chico. Le enseñó todo lo que debía saber para ser un buen pescador, a mantenerse con vida dentro y fuera del barco en donde el mundo es tan fiero con los débiles de corazón. Incluso le enseñó a nadar a la manera de antes (patada en el culo y si no nadas te vas para el fondo). La infancia de Gregorio fue corta y dura. Tuvo que trabajar arduamente desde muy pronto, pero jamás perdió la sonrisa y las ganas de vivir.

El día en que sucedió lo que os voy a contar, el sol lucía con fuerza y la mar estaba en calma. Los tripulantes del barco de pesca, de nombre La Graciosa, iban rumbo a Isla Verina. Tenían intención vender la mayor cantidad de pescado fresco posible antes de repostar, descansar unos días y volver a partir en busca de los ingentes y esquivos bancos de sardinas.

Cinco hombres navegaban en "La Graciosa". Gregorio y dos chicos más se encargaban de las redes y las cañas, entre otras cosas. Sus nombres eran Arturo y Benito. Arturo era un hombre grande, grueso y rudo. Tenía barba, no era especialmente larga pero sí que era muy oscura y le otorgaba carácter a su rostro, su pelo era igual de oscuro, rizado y enmarañado. Con los años el salitre había conseguido que su cabellera tuviera un tacto áspero y horriblemente seco. Pese a todo ello, era un hombre fuerte y viril y las mujeres no se resistían a sus encantos, o eso se esmeraba él en ir pregonando por allá por donde fuere. Benito en cambio era un chiquillo algo escuálido, tenía el pelo liso y castaño, solía tenerlo bastante corto. Su cara era la de un niño y apenas tenía cuatro pelos en el bigote. Era simpático e intentaba siempre utilizar esa cualidad con las mujeres. Lo cierto es que no le daba muy buen resultado, era el clásico chico con una gran cantidad de amigas, pero lo cierto es que pocas llegaban más allá con él. Es más, Benito tenía que soportar comentarios de sus amigas del tipo: "¡Qué hombre tan fuerte es tu amigo Arturo!" o "Gregorio no tiene novia, ¿verdad? ¡Es tan guapo!".

Bernardo era el maquinista del barco. Era un ser huraño y siniestro, dedicado por completo a sus motores de vapor. Gregorio, personalmente, prefería pescar en un barco de vela de los de toda la vida. No le gustaba nada ese nuevo invento que había traído Fermín a Isla Verina (aunque de nuevo no tenía nada, pero lo cierto es que todos los avances de ciencia, tecnología o simplemente la moda, solían llegar allí con muchos años de retraso). La chimenea desentonaba completamente con el barco y debías tener en cuenta de donde soplaba el viento, porque en cuanto te descuidaras podías acabar ahumado de los pies a la cabeza. El sueño de Gregorio era poder tener algún día su propio barco de vela en el que ir a navegar sin tener que dar cuentas a nadie.

Fermín era el capitán del barco. Nueve años habían pasado desde aquel día en que acogió a Gregorio como si fuera de su familia, y no habían pasado desapercibidos en su cuerpo. La piel del hombre estaba desgastada por el sol, en la cabeza apenas lucía pelo ya, aunque lo ocultaba con una boina ladeada, tenía una gran barba blanca y era raro verlo sin que estuviera fumando alguno de sus puros.

Llegaron al puerto por la mañana y esperaban vender todo el pescado antes del mediodía. Cuando atracaron, los tres muchachos bajaron del barco, lo afianzaron al muelle apretando bien los cabos, pusieron las cajas de pescado en el suelo y esperaron a que la gente del pueblo comenzara a llegar.

Justo en frente del puerto había un mercado en donde las personas hacían sus compras, todo el pueblo se reunía en esa zona. Era impresionante, o al menos a Gregorio se lo parecía, ver a toda esa gente arremolinada en torno a la comida parloteando entretenidos como si fueran miles de palomas revoltosas en la plaza del pueblo peleando por devorar las migas de algún pan mohoso que alguien desechara.

Ya habían vendido una caja de langostas, tres de sardinas y dos de calamares, cuando entre la multitud consiguió verla por primera vez. Llevaba un maravilloso vestido amarillo del siglo XIX, un pañuelo a juego adornando su cuello y un pequeño parasol, el cual evitaba que su rostro se viera estropeado por el sol del verano.

La chica andaba de un lado para otro hablando relajadamente con una mujer que parecía ser de su servicio. Era especialmente bella y se movía con mucha delicadeza y elegancia a través de la muchedumbre.

Marcela sostuvo una manzana roja en su mano, la analizó rápidamente con una mirada crítica, la olió y luego la mordió con cuidado de no manchar nada con el jugo de la fruta.

Gregorio la estaba mirando fijamente mientras cargaba una de las cajas de sardinas. El pánico se adueñó de él por completo, el pulso se le aceleró peligrosamente, a sus ojos pareció olvidárseles pestañear durante un buen rato y los músculos del cuerpo entero se le engarrotaron.

– ¡Olvídalo…! –dijo Benito. Por lo visto, su congoja era más que evidente–. Esa es Marcela Baeza. Es la hija de Leopoldo Baeza. Son gente rica que a veces vienen al pueblo. Tienen unas tierras a las afueras. Son tierras más grandes que este puerto, así que imagínatelo.

– ¿¡Qué…?! Si yo no… –el chico aún estaba un poco anonadado cuando su amigo le habló, así que tardó un poco en entender lo que le había dicho–. ¿Tan ricos son?

–Eso y más –contestó Benito–. Hazme caso Gregorio, esa es mucha mujer para ti. Volvamos a lo nuestro.

–Sí, supongo que es lo mejor…

El chico se agachó para coger una nueva caja de pescado. En su mirada se podía ver la decepción, la resignación y la culpa. Pero cuando volvió a levantar la vista, vio como esa chica imposible de alcanzar, le devolvía la mirada. La muchacha clavó sus ojos en él un segundo, mientras pagaba a la frutera por una cesta de manzanas rojas. Y luego, aunque solo duró un instante, Marcela esbozó una sonrisa dedicada al tímido pescador, que la observaba desde lo lejos. Luego volvió a mirar a la tendera, la saludó y se perdió entre la multitud seguida de su criada.

Cuando el día dio paso a la noche, los tres pescadores llegaron a la posada del pueblo. La sala era pequeña, oscura y húmeda. Las cucarachas correteaban por las paredes intentando sortear los insistentes ataques del sucio gato marrón de la dueña, mientras los hombres bebían vino hasta altas horas de la madrugada. Y allí, en una de las esquinas, estaba Gregorio. Miraba al cielo, embelesado, por una de las pequeñas ventanas mientras sus amigos hablaban de las capturas del día. Cuando uno decía que había pescado un pez grande, el otro decía que el suyo era un poco más grande, pero casualmente el primero recordaba, de repente, que después pescó un pez un poco más grande que el de su compañero.

Puede que pasara media hora antes de que se percataran de la cara de bobalicón que tenía Gregorio mientras miraba las estrellas.

– ¿A éste qué le pasa…? –soltó Arturo de repente. Gregorio fue consciente de que en su cara se podía ver lo que estaba pensando. Así que rápidamente se puso serio, cogió su vaso de vino y bebió un buen trago.

– ¿Tu qué crees que le pasa? –dijo Benito–. Aquí el caballero se nos ha enamorado hoy.

– ¿Qué estás diciendo? –saltó Gregorio–. De eso nada…

–Pero no te pongas colorado…–dijo Arturo. Bebió un gran trago, se secó la barba con la manga de su camiseta blanca y luego continuó–. Yo hace tiempo me enamoré de una chica también. Era una chica muy hermosa, su pelo era muy largo y tenía unas buenas caderas. Pero lo mejor de ella era…

–Sí Arturo, ya conocemos tu historia de la muchacha rubia de enormes pechos– dijo Benito–. Deja que hable Gregorio.

– ¿Sabes lo que te digo, Benito? –replicó Arturo–. Te digo… que, si no estuviera tan borracho, te daría una buena paliza.

–Arturo, bien sabes que si no me pones la mano encima es porque sabes que yo te puedo partir en dos de un solo golpe.

– ¡JÁ! –soltó Arturo con fuerza. Luego le dio una palmada a Benito en la espalda, mientras volvía a beber otro trago más de vino. Hay que decir que del golpe que le dio, Benito casi pierde una costilla. Pero así era Arturo, un hombre fuerte curtido en la mar–. Dime, Gregorio, ¿esa chica que te gusta tanto… tiene buenas…?

– Pero ¿qué dices burro? –lo cortó rápidamente Benito. Aunque lo que no pudo cortar fue el gesto que hizo con ambas manos. El cual, logró sacarle una tímida sonrisa a Gregorio–. Yo creo que sé a quién se refiere. Y es muy bella, si es eso lo que preguntas…

—Es la mujer más bella que he visto jamás— dijo Gregorio—. Cuando la gente se apartó y conseguí verla… el tiempo se detuvo. No sé cuánto estuve mirándola, pero para mí pasaron horas. Para que me entendáis, fue como cuando sujetamos la caña con fuerza, esperando la captura de nuestras vidas. Será duro y lo sabemos, pero allí estamos nosotros, sujetando con fuerza. Pasa el tiempo, creemos que jamás conseguiremos nada y justo cuando pensamos en tirar la toalla… sientes algo. Una pequeña vibración que te pone alerta. Lo que esperabas, es el momento de demostrar lo que sabes. Si te precipitas, la pierdes y si tardas mucho… simplemente va a comer a otro lugar. Lo que hagas a partir de ese momento decidirá el resto de tu vida. Marcado para siempre con la victoria o la derrota. Ese pequeño instante de mi vida pasó muy despacio. ¿Qué hacer? ¿Cómo hacerlo? ¿Y por qué? Nadie nos enseña a esto. Siento que es como el día que aprendí a nadar. Tuve un segundo para entender que estaba cayendo al frío mar. De mí y solo de mí dependía conseguir llegar a la superficie y respirar. Jamás algo tan básico como el aire fue tan preciado para mí. Aún recuerdo ese día, como jamás olvidaré este que he vivido hoy.

—Amigo, lo que el amor hace contigo es impresionante–dijo Benito–. Te ha vuelto poeta.

—Yo no lo entiendo… —saltó Arturo—. Acaso… ¿hablaste con ella? Porque yo hoy no te he visto hablar con ninguna muchacha hermosa de grandes pechos.

—Lo cierto es que no–respondió Gregorio–. Simplemente… nos miramos.

—Entonces… ¿Cómo puedes estar enamorado de ella sin conocerla? —continuó Arturo— ¿Y si es tonta, tiene la voz de pito o algo así?

—Esas cosas, Amigo mío, simplemente se saben–dijo Benito, defendiendo a Gregorio.

— ¿Y quién era? ¿Una chica del pueblo?

—Es Marcela Baeza, la hija de Leopoldo Baeza–contestó Benito, en voz baja.

– ¿¡Qué!? ¿Estás loco? –gritó Arturo.

– ¡Shh! –chistó Benito.

—Sé que es una locura, pero… supongo que no hay nada de malo en soñar un poco ¿Verdad?

—Supongo que no pasa nada si solo es un sueño–dijo Arturo–. Los de la clase baja sabemos que no nos tenemos que juntar con los de la clase alta. La sociedad jamás lo permitiría.

—Lo sé, lo sé. Pero era tan bella… que hasta duele en alguna parte de mi pecho.

—Eso sí… ¡BRINDEMOS POR SUS PECHOS! –gritó Arturo.

– ¡POR SUS PECHOS…! ¡POR SUS PECHOS…! –gritó a continuación la taberna entera.

La noche transcurrió entre bailes, vino y risas. Y cuando el sol comenzó a salir, tímidamente, entre las colinas, los muchachos llegaron a la pequeña casa en donde vivían los tres juntos.

Alguien dijo algo de ir a coger marisco, otro creo que dijo algo de ir a espiar a las chicas a la playa. Pero cinco minutos después estaban todos roncando panza arriba.

A las once de la mañana, un muchacho delgaducho llamado Roberto, llegó a la casa en donde vivían los tres amigos. El chico montaba una bicicleta rudimentaria y algo ajada. La dejó bien puesta al lado de la puerta principal y con decisión entró dentro del hogar.

– ¿Muchachos…? –preguntó en voz alta–. ¿Dónde estáis?

– ¡Ya vamos Roberto, ya vamos! –Arturo emergió de dentro de una de las habitaciones contiguas. En su cara se veían los excesos de la noche anterior. El pelo estaba más despeinado de lo normal, no llevaba camisa y tenía algo pegado en la cara, no sé bien qué era–. ¿Qué vienes buscando?

El resto de los chicos entraron en la sala. Sus aspectos eran igual de desastrosos que el de Arturo.

– ¡A vosotros! El patrón me ha enviado a mandarle a uno de ustedes un recado.

Lo que Gregorio pensaba en realidad que Fermín había hecho, era mandar a Roberto a hacer el encargo. Y ahora él estaba mandándoles a ellos a cumplir con el trabajo. Algo completamente injusto, pero eso era ya normal tratándose de Roberto. A ninguno de los tres les caía bien ese chico, pero había que ser simpático, ya que era el hijo de Fermín. No es de extrañar la mueca que hizo Gregorio cuando escuchó a lo que venía. Pero pronto se le quitó la mala cara al seguir escuchando.

–Hay que llevar un atún mediano a la mansión de los Baeza–dijo Roberto.

– ¿Y quién lo va a llevar? –preguntó Arturo ajeno a la cara de bobalicón que estaba desarrollando Gregorio a su lado.

–Yo había pensado en ti, Arturo. Eres fuerte y no creo que tengas problemas en llevarlo.

– ¡Yo lo llevaré! –dijo Gregorio. Las palabras se le amontonaban en la boca y salían disparadas.

– ¿Tu? –preguntó Roberto con incredibilidad.

Al darse cuenta de lo que Gregorio estaba tramando, Benito intentó ayudarlo.

– ¡Sí! Gregorio es muy fuerte también–dijo–. Una vez lo vi partir una tabla de madera de un solo golpe. Y era una tabla muy gorda.

–Gracias, Benito– soltó Gregorio con un tono irónico–. Yo lo llevaré. No hay problema. Dejemos descansar a los chicos.

– ¡Vale, decidido entonces! –concluyó finalmente Roberto–. Ve a buscar el atún al pueblo y… ya sabes. Por cierto, entra por detrás. Por donde está la cocina, déjalo allí y vente. El atún ya está pagado, así que no hables con nadie de la casa que no sea del servicio. No quisiera tenerte paseándote por la casa con la mano levantada pidiendo dinero. ¡Sería bochornoso! Lo dicho, que me voy– se dio media vuelta y se dispuso a irse.

– ¡Espera! –soltó Gregorio–. Soy fuerte, pero la mansión está lejos. ¿Sería tu padre tan amable de tenerme preparado en el pueblo un transporte tan útil como tu bicicleta? Quisiera volver cuanto antes y ponerme a trabajar en el barco. Hay algunas cosas que necesitan arreglo.

– ¿Un transporte útil? –repitió Roberto–. Está bien, se lo diré. Tendrás tu transporte, pero ve rápido al pueblo. No sé si Leopoldo quiere el atún para almorzar.

No sabría decir si el transporte que le estaba esperando en el puerto era más útil que la bicicleta de Roberto, pero seguro que era más… peludo. Una burrita joven, algo sucia y con cara de pocos amigos. Fermín la señaló con su dedo inquisidor, luego lo señaló a él y más tarde señaló al camino que llevaba a la mansión de los Baeza. La burra, la cual estaba entretenida comiéndose las pequeñas hierbas que crecían tímidas entre los adoquines, no quiso moverse al instante. El pobre chico tuvo que aporrear, patear, empujar y hasta saltarle encima. Pero no quería moverse. Era bastante cómico ver al muchacho deslomarse de ese modo. Y de repente, cuando el inexperto jinete estuvo a punto de tirar la toalla, la burra marchó a paso lento con su redonda barriga dando bandazos.

La entrada a las tierras de los Baeza estaba considerablemente alejada de la casa. No sabría medirlo en kilómetros, pero para que os hagáis una idea diré que entre la entrada y el edificio principal había un jardín con una gran variedad de árboles, flores y arbustos; más allá, por el lado derecho, los jardineros trabajaban en un maravilloso laberinto de diferentes tipos de enredaderas; a la izquierda, oculto entre los abetos, había un pequeño estanque creado por una familia de castores; detrás de la mansión, en la colina de la montaña, estaban los campos de las vides;

justo el centro estaba atravesado por una carretera de piedra, que llevaba desde la entrada hasta la mansión. Los árboles del perímetro más cercano a ésta parecían inclinarse levemente, dando una sensación de protección y sosiego.

Poco después de adentrarse en el lugar Gregorio pudo ver un gran drago a la izquierda. El árbol reinaba imperioso en lo alto de una pequeña colina. Al acercarse más pudo ver que, en las faldas del mismo, había una mujer leyendo, apaciblemente, un libro. Cuando se acercó un poco más pudo confirmar sus sospechas. La chica era Marcela Baeza. El corazón se le desbocó de súbito. Es cierto que aceptó el trabajo para poder verla, pero también es verdad que fue el más puro de los impulsos y está claro que no había pensado en ningún plan.

Siguió marchando encima de la burra hacia ella, sumido en sus pensamientos.

"No puedo presentarme de repente y decir… ¡Hola! Tú no me conoces, pero yo te vi un día y creo que te quiero. Lo más probable que pasara es que gritaría y saldría corriendo, o peor, se reiría de mí en mi cara. No, no, hay que pensar en otra cosa. A lo mejor si paso de largo ella se pregunta quién soy y me llama desde lo lejos. Aunque lo más seguro es que no…"

Así estuvo un buen rato. Era una mezcla entre adorable y patético. El pobre chaval sabía que la chica estaba en una posición social elevada, que él solo era un pescador y lo peor, que ella era hermosa. Normal que dudara.

– ¡Hola! ¿Quién eres? –abstraído y nervioso, el chico fue a parar sin darse cuenta a los pies de la muchacha.

– ¿Qué? –contestó Gregorio sobresaltado.

– ¿Qué quién eres? –ella parecía estar algo molesta. No le gustaba que la importunasen mientras leía uno de sus antiguos libros de amor.

– ¡Ho… hola! –farfulló.

– ¿Y bien? –aunque no lo mostró, comenzó a hacerle gracia el pobre muchacho tembloroso que fue a parar a sus pies con una burra sucia y mal cuidada.

– ¡Muy bien, gracias! ¿Y tú? –en ese momento, Marcela tuvo que taparse delicadamente la boca con su libro para no parecer descortés.

–Yo soy Marcela ¿Y tú?

–Yo soy Gregorio–dijo finalmente muy orgulloso de haber entablado una, tan larga, conversación con ella.

– ¿Y qué trae a tan apuesto jinete a los lindes de mis dominios? Aunque más exactamente sería decir los dominios de mi padre.

– ¿Qué? –no hacía falta decir que Gregorio no era un erudito y tantas palabras seguidas lo adormecían un poco–. ¡Ah! Pescado. Un buen atún.

–No hay peces por aquí y no veo cañas en tu burro…

– ¡Burra…!

– ¿Perdona...?

–Que es burra, digo. No burro–la complicidad comenzó a brotar entre ellos poco a poco–. Pero no vengo a pescar, sino a traer el pescado.

– ¡Ah! ¡Eso lo explica todo! –Marcela le dedicó una sonrisa picarona y burlesca a su nuevo amigo.

–Es un atún muy bonito… ¿quieres verlo? –Gregorio metió la mano en el saco y dejó atisbar unos centímetros del atún, pero al ver la cara de pavor que estaba exhibiendo Marcela… volvió a dejarlo todo en donde estaba.

Los segundos posteriores fueron algo incómodos. Hasta que Gregorio volvió a hablar.

– ¿Qué leías? –dijo mientras hacía un movimiento algo extraño. Quería bajarse de la dichosa burra y sentarse junto a ella, pero no sabía si la muchacha se lo tomaría como una falta de respeto. Así que volvió a su posición original.

–Puedes sentarte aquí conmigo si quieres… –Marcela era bastante observadora y Gregorio hoy estaba algo más patoso de lo normal.

–Gracias. Estoy bastante cansado de estar encima de la burra. No lo parece, pero es muy huesuda.

–Es Romeo y Julieta, una tragedia de William Shakespeare. Cuenta la historia de dos jóvenes enamorados que, a pesar de la oposición de sus familias, rivales entre sí, deciden luchar por su amor hasta el punto de casarse de forma clandestina; sin embargo, la presión de esa rivalidad y una serie de fatalidades conducen al suicidio de los dos amantes. Hace poco tiempo presencié una obra de teatro del mismo autor en la ciudad, y quedé tan prendada que quise saber más de sus libros. Y aquí me tienes, sabiendo un poco más…

La muchacha se giró para mirar al chico, el cual ahora estaba sentado a su lado. Gregorio había puesto una cara muy extraña, tenía los ojos y la boca muy abiertos, pues se le había secado de repente. La tensión que sufría era debido a que no había entendido nada de lo que ella había dicho y ahora, Marcela, lo miraba expectante. Le tocaba hablar a él y solo se le ocurrían temas de la mar. ¡Eso no podía interesar a esa chica de ciudad!

– ¿No conoces los libros de William Shakespeare? –preguntó inquisitiva.

–Pues verás… yo me tuve que embarcar muy joven y lo cierto es que no tuve tiempo de aprender a leer, así que… bueno, ya sabes…

Entonces, Marcela, sintió un nudo en el estómago. Por una parte, se sentía culpable por haber sido tan bocazas, y por el otro lado sintió compasión.

– ¿Nunca hubo nadie que te enseñara? –preguntó sinceramente interesada.

–Lo cierto es que no. Mi amante fiel ha sido toda mi vida la mar y supongo que no puedo hacer nada por evitarlo.

Marcela tamborileó con sus dedos sobre el libro unos segundos, se mordió el labio mientras pensaba y luego volvió a hablar.

–Si tú quieres yo podría enseñarte un poco, así tú también podrías disfrutar como lo hago yo de estos libros.

–No sé… yo no quiero ser molestia–musitó Gregorio.

–Yo después de las clases de piano y antes del almuerzo suelo venir aquí a leer. Si te vienes algún día, te enseñaré. Seguro que nos lo pasaremos muy bien juntos.

Gregorio asintió levemente y sonrió con fuerza. La chica más bella que había visto jamás acababa de decirle que quería volverle a ver. ¡Más o menos!

–Ya es tarde–continuó Marcela–. He de irme.

–Si quieres puedo alcanzarte en mi burra. Aunque es joven, es muy fuerte.

–No hace falta, muchas gracias. Aunque me veas aquí sola, no lo estoy realmente– la chica se giró, cogió aire y silbó con fuerza. Segundos más tarde, apareció su hermoso caballo desde más allá de los abetos–. Se llama Cipriano. Es el más mimado de mis corceles.

–Es precioso…

–Es mejor que no nos vean llegar juntos–dijo mientras subía a su caballo–. No sé qué malas lenguas podría inventar historias de nosotros. Así que yo iré ahora al trote y bueno… tú llega cuando puedas. ¡Nos vemos, Gregorio! ¡Ya espero tu próxima visita!

Marcela cabalgó y cuando se hubo alejado unos doscientos metros, Gregorio consiguió cerrar la boca. Había quedado completamente anonadado. Unos segundos después, se sacudió la cabeza, subió a la burra y le dio cuatro fuertes golpes con los talones para que avanzara. La burra torció las orejas hacia atrás, lo miró y resopló. Diez minutos después… la burra comenzó a andar lentamente.

El día transcurrió sin más sobresaltos. Entregó el atún, volvió al barco para arreglar esas cosas pendientes que tenía y por la noche pudo reunirse con sus amigos.

—Así que mañana iré por allí y…

— ¡Eh! Sabes que mañana nos embarcamos ¿verdad? –dijo Benito.

— ¿Qué? ¿Tan pronto? –preguntó Gregorio algo desilusionado.

—Sí. Vamos a ir hacia el sur. En las aguas cercanas apenas quedan sardinas, así que vamos a intentar encontrar nuevos bancos– se explicó Arturo.

— ¡Dichoso Fermín!

— ¿Qué vas a hacer? –preguntó Benito.

— ¿A qué te refieres?

— ¿A qué me voy a referir? A esa chica… estaremos fuera unas dos semanas, puede que más. ¿Qué crees que pensará si, después de haberte ofrecido su ayuda, tú tardas dos semanas en volver a verla? –en tono grave y compasivo–. Se olvidará de ti.

— ¡Tienes razón…! –Gregorio arañaba la mesa con las uñas mientras maquinaba un plan–. ¡Tengo que verla!

— ¡Zarpamos al alba! –soltó Arturo el cual ya andaba algo bebido–. No creo que te dé tiempo de verla. ¡OTRAS TRES CERVEZAS POR AQUÍ GUAPA!

Margarita, la dueña de la posada, les acercó tres nuevas jarras. Aunque Gregorio no había bebido nada en absoluto.

— ¡Exacto! ¡Iré ahora mismo a buscarla y le diré que me espere! Volveré a las dos semanas y todo arreglado.

— ¿Qué dices? ¿Estás loco? ¿Ir en plena noche a la mansión de los Baeza, colarte, solo para decirle eso a esa chica? ¿A caso sabes en qué ala del edificio está su habitación? ¿Y qué pasará si te ven merodeando? ¡Seguro que vuelves con el culo lleno de perdigones! Cortesía de Leopoldo Baeza–Benito le guiñó el ojo de forma irónica mientras hablaba.

— ¿Y qué puedo hacer entonces?

—Simplemente déjalo estar, Gregorio. No fuerces los sentimientos. La encontraste por casualidad. Deja que eso mismo sea lo que los vuelva a unir. Y si al cabo de un tiempo no acabas estando con ella… pues simplemente es que esa no era la mujer de tu vida. ¡Así de simple!

—Pero… ¿pretendes que me quede sin hacer nada? ¿Qué la deje escapar sin más? No puedo hacer eso ahora que la he conocido.

— ¿Prefieres que piense que eres un desesperado que entra en sus tierras en plena noche para avisarla de que no va a volver en dos semanas? Tú mismo lo dijiste: *Será duro y lo sabemos, pero allí estamos nosotros, sujetando con fuerza. Pasa el tiempo, creemos que jamás conseguiremos nada y justo cuando pensamos en tirar la toalla… sientes algo.*

—Tienes razón, Benito. Debo calmarme.

— ¡Y lo que yo debo hacer es ir al baño! —Arturo con la mirada perdida, se levantó, dio dos pasos y calló de bruces en el piso. Pero en vez de emitir cualquier sonido de dolor, el enorme y peludo muchacho, comenzó a roncar fuertemente.

— ¿Y qué hacemos con éste? ¿Lo levantamos? —Preguntó Benito.

— ¿Estás loco? ¡Ahí se queda hasta mañana! —sentenció Gregorio—. Terminemos estas cervezas y vamos a dormir.

Horas antes del alba, Arturo abrió los ojos. Notó que tenía la boca pastosa y la cabeza le pesaba más de la cuenta. Al intentar levantarse, la gata de la dueña cayó en un remolino de arañazos y le dejó el cuerpo completamente marcado. Al parecer, la enorme cabeza de Arturo junto con su pelo andrajoso y enmarañado, eran una buena cama para la gata. La cual aprovechó para acurrucarse encima de su oreja abanada. Y claro está que al levantarse de golpe…

– ¡Puta gata!

Los días en la mar pasaron lentos. Las noches eran frías y húmedas, y en lo único en lo que conseguía pensar nuestro amigo era en… bueno, es obvio. El caso es que, para aquel chiquillo, la espera se estaba convirtiendo en una tortura inmensa.

Por fin, el tiempo pasó. Y el barco llamado *La Graciosa* llegó al puerto de Isla Verina. Gregorio estaba ansioso. Mientras descargaba las cajas de sardinas, no hacía más que otear la marabunta de personas del mercado. Entre todas ellas, buscaba a Marcela con ahínco. Pasaron las horas, y el siguió buscando, pero ella no apareció.

A la mañana siguiente, mientras Gregorio llevaba unos botes de barniz para arreglar la cubierta del barco, Marcela apareció detrás de él.

– ¡Hola Gregorio! No sabía que ya habías vuelto.

El muchacho se giró, y de la congoja que le entró al verla tan cerca y tan de repente, los cacharros se le cayeron de las manos, desparramándose por el piso. Se apresuró a recoger los botes e intentó volver a meter el barniz vertido con las manos. El pobre estaba hecho un flan.

– ¡Lo siento, yo…!

–No tienes por qué sentir nada– dijo ella en un tono conciliador–. Deja, yo te ayudaré a llevarlo.

–De ninguna manera…

–Tranquilo, no pesan mucho. ¿A dónde vamos?

—Al puerto, muchas gracias.

Juntos emprendieron la marcha.

—Bueno Gregorio, ¿te has pensado mi oferta de enseñarte a leer y escribir?

—Lo cierto es que no he pensado en otra cosa.

— ¿Y qué me dices?

— ¡Que sí, que me encantaría! Pero no quisiera causarte ningún problema.

Una de las cosas que le gustaban a Marcela de Gregorio, era que la trataba de tú. Era un muchacho sencillo y no se andaba con las monsergas de la gente adinerada de la ciudad. Todo eso la tenía cansada y veía en ese chico una inocencia y una naturalidad muy especial.

—Mientras mi padre no se entere de que nos vemos a solas, no creo que haya problema.

— ¡Ah! ¿A solas? Pensé que tu niñera estaría con nosotros– mintió.

—No, no. Creo que, en cuestión de enseñanza, es mejor que no haya más gente. Podrías distraerte más fácilmente–también mintió–. Bueno… no te importará que continúe haciendo mis recados ¿verdad?

—No, no, por supuesto–Marcela le devolvió los cacharros que ella cargaba, se sonrieron y ella volvió a hablar.

—En la parte oeste de mi mansión, hay un pequeño estanque. Una familia de castores vive allí. Es un paraje precioso. Creo que es buen lugar para que comencemos tus lecciones. ¿Qué te parece si a la tarde te pasas por allí? Yo estaré esperando.

— ¡Vale! ¡Allí estaré!

Se despidieron, y cada uno continuó su camino. No sin antes parar varias veces para mirar atrás, y sonreírse como dos tortolitos.

Capítulo 2

Transcurrido un mes exacto Gregorio ya conocía la gran mayoría del alfabeto y conseguía leer algunas palabras sin grandes dificultades. Se habían reunido Marcela y él unas cuatro veces en total en el estanque de los castores.

El calor del verano era sofocante. Gregorio propuso un baño. Marcela, por supuesto, se negó tímidamente. No creía que fuera propio de una señorita mostrar su ropa interior delante de un hombre. Pero lo cierto es que la temperatura estaba por las nubes (en ambos sentidos) y a Gregorio no le costó mucho convencerla.

– ¡Ya puedes darte la vuelta! –dijo ella después de meterse en el agua.

– ¿Seguro? ¡No quisiera yo… importunarte! –soltó irónicamente.

Marcela soltó una dulce risita, le salpicó con el agua y dijo:

–Ven aquí, tontito.

Y fue entonces cuando sucedió. Él tragó saliva, la garganta se le resecó de golpe. Se acercó lentamente a ella, la miró fijamente a los ojos color nuez moscada y el cúmulo de emociones contenidas durante todo ese tiempo, hizo implosión dentro de sus cuerpos a través de sus labios. Apenas duró unos segundos, pero fue tan intenso, que todo el cosmos pareció estremecerse. O puede que fueran ellos dos los que temblaran.

Cuando se separaron lo suficiente, se miraron directamente a los ojos. La respiración acelerada y entrecortada emanaba como vapor desde sus bocas y subía en espiral entre los dos cuerpos.

– ¿Estás segura de esto? Yo no soy más que un humilde pescador y tú tienes un brillante futuro por delante.

– ¡No me hagas esto!

– ¿El qué?

– ¡No me hagas sentir culpable por lo que siento! –ella lo acarició suavemente con las manos en la cara, juntó frente con frente y continuó–. ¡Ven conmigo!

– ¿A dónde? –dijo Gregorio con el corazón desbocado.

–A un lugar en donde podamos estar más... cómodos.

La oscuridad del crepúsculo los ocultó entre las sombras mientras se deslizaron entre los árboles para acabar llegando al establo. Y allí, entre los montones de la paja seca, se lanzaron a la aventura.

Ella agarró su miembro con fuerza. Parecía no querer dejarlo escapar bajo ningún concepto. Él, impregnado de un valor hasta ahora latente, rasgó con fuerza su ropa, dando una furtiva libertad a los turgentes y pomposos pechos de la señorita Baeza. Luego, no pudo aguantar el deseo incontrolable, y los tuvo que besar, generosamente. Parecía no querer enfadar a ninguno de los dos bustos. "*¿Cómo dices señor pecho derecho? ¿Qué he besado al señor pecho izquierdo tres veces y a usted solo dos veces? ¡No se preocupe señor pecho derecho! ¡Voy en camino!*". Incluso creyó oportuno ponerles nombres, para no liarse tanto.

Pero rápidamente, Marcela, lo sacó de toda fantasía para traerlo de vuelta a la realidad. No pudo aguantarlo más, abrió las piernas y dio vía libre al afortunado muchacho. Gregorio, cerró los ojos y tanteó el terreno. Al principio le costó un poco encontrar el camino, pero en cuanto estuvo en él, empujó con suavidad y entró completamente de un solo movimiento. Jamás había sentido nada igual en su vida, era una sensación indescriptible. Era como cuando llevas muchísimo tiempo sin comer y de repente consigues un buen bocado que te sacia y te reconforta. Se sintió el hombre más importante del mundo, sintió que podía lograr todo aquello que se propusiera, sintió que era inmortal.

A Marcela en cambio, le costó un poco sentirse bien. Las primeras estocadas del muchacho le habían dolido bastante, pero poco a poco notó una sensación de placer intenso.

No creo necesario contar como continuó el asunto. Pero lo que si os puedo decir, es que los dos consiguieron sentirse, por primera vez en su vida, completamente satisfechos.

Lo que los dos muchachos no sabían era que realmente no estaban tan solos como ellos pensaban. Escondido en una de las cuadras estaba Iñigo. El cual era uno de los hombres que trabajaban en el campo de los Baeza. Había estado bebiendo desde por la mañana y quedo inconsciente, con la botella en la mano. Tan mala fue la suerte de nuestros dos amigos, que el borracho se despertó justo a tiempo para enterarse de todo.

—No tengo palabras para describir lo que acabo de sentir–dijo Gregorio mientras aún estaban acostados, uno junto al otro.

— ¿Qué nos ha pasado? —Marcela se llevó una mano a la cabeza, como queriendo despertar del hermoso sueño.

—Pues… que ha pasado lo que tenía que pasar. Era lo que querías… ¿verdad?

—Sí, bueno… me atraes mucho y no creo que esto sea un error, pero todo es muy complicado.

— ¿Por tu familia? —Gregorio miró a otro lado, como si no soportara ver como Marcela lo ejecutaba allí mismo con sus palabras.

—Sí–soltó. Y Gregorio cerró los ojos por el dolor.

— ¿Se lo dirás?

—No estoy segura yo…— no hizo falta que continuara la frase. Gregorio hizo un gesto indefinido de aprobación— es muy complicado. Pero no quiero dejar de verte. Durante todos estos días he ido desarrollando un sentimiento muy bonito hacia ti. Pero tampoco quiero obligarte a esto.

— ¿A qué te refieres?

—A vivir toda esta historia bajo la clandestinidad. Creo que nadie se merece eso.

—Si la recompensa es poder estar contigo, creo que podré soportarlo.

— ¡Eso dices ahora! Pero… ¿Qué pasará cuando pase el tiempo y la cosa vaya a más? Y no puedo prometerte ni que se lo vaya a contar a mi familia, ni que en el caso de que lo haga, puedan llegar a aceptarte. Porque tú…

— ¡No hace falta que lo digas, eh! —preso de un sentimiento muy agridulce y completamente nuevo para él, se levantó y salió del establo a grandes zancadas. Ella lo siguió y lo abrazó por la espalda antes de que se perdiera entre las sombras.

—No te pongas así. ¡Yo siento algo por ti! Aún es pronto como para definir claramente qué es, pero no quiero perderte.

—Ni yo quiero hacerte elegir entre tu familia o yo, ni forzarte a que me presentes. Pero no me gusta cómo me siento ahora mismo. Creo que tengo que pensarlo.

— ¿Qué quieres pensar? —Marcela adoptó un peligroso tono de reproche.

—Aún no lo sé, yo…

— ¿Tú me quieres?

—Yo…

– ¿Me quieres o no?

–Yo solo…

–Suéltalo chico. ¿Me quieres o no?

–Yo nunca he querido a nadie, y contigo siento algo completamente nuevo y muy fuerte. Pero no sé lo que es. Aunque creo que si te quiero.

Entonces Marcela no pudo aguantar más la presión del momento. Las lágrimas cayeron por su fina piel y se abrazó al muchacho. Él, sorprendido, dudó un segundo. Pero cuando pudo reaccionar, le devolvió el abrazo.

– ¿Cuándo volveré a verte? –preguntó Marcela, sin limpiarse las lágrimas de la cara.

–No lo sé con certeza. Cada vez es más difícil encontrar los peces y tenemos que ir más y más al sur. Si tengo suerte, estaré aquí en dos semanas. Si no, puede que en un mes.

Siguieron despidiéndose unos minutos más. Luego, Gregorio, se mezcló con la oscuridad y salió de las tierras de los Baeza, por el sendero que Marcela le había enseñado. Ella entró a hurtadillas dentro de la casa. Y en lo más oscuro de la más oscura cuadra, Iñigo, tomó otro trago de lo que quiera que llevase en su botella y volvió a quedarse inconsciente.

El alba llegó envuelta en una densa bruma. Al este, más allá del horizonte, el sol ardía con un fuego rojo intenso. Isla Verina empezaba a despertar paulatinamente, mientras, cuatro personas, se preparaban para comenzar un nuevo viaje.

– ¿Qué te pasa hoy Gregorio? –preguntó Benito–. ¡Te veo apagado!

–Es por lo que te conté anoche…

–Pero no te pongas así hombre. Que, aunque no se lo quiera contar a sus padres, seguro que está loquita por ti.

–No sé qué decirte.

– ¿Tú la quieres?

– ¡Qué preguntas me haces! Yo…

– ¿Entonces? Déjate querer y punto.

–Ya, si lo sé. Pero es que, en el fondo, me hiere en el orgullo.

–Entiendo. ¿Y qué vas a hacer?

– ¿A qué te refieres?

–Qué si vas a seguir viéndola.

–Claro que sí. Se me ha metido muy dentro y lo único que quiero es terminar este viaje ya, para poder volver a verla.

– ¡Eres un pesado! Que te quede claro–soltó Arturo, cuando pasó al lado de ellos–. Yo hay una cosa que no entiendo, ¿por qué conformarte con una si puedes tenerlas a todas?

–Pues muy sencillo, porque a la única que me sale querer es a esta–replicó Gregorio–. Yo veo a las demás y es como si no estuvieran.

–Pero si anoche ya conseguiste lo que querías–continuó Arturo–. Ahora toca pasar a otra cosa.

–No, eso no es todo lo que yo quiero de ella. No sé exactamente que es, pero sé que quiero mucho más.

En ese momento, apareció Roberto (el hijo de Fermín). Parecía estar abrumado por el trabajo que se le venía encima, y también se notaba que algo le preocupaba bastante. Serio y distraído se acercó a Gregorio.

– ¿Está todo preparado? –preguntó Roberto.

—Casi, nos falta traer las redes y podemos partir.

— ¿Estás seguro de que puedes manejarlo? Lo cierto es que prefiero perder algo de pescado, antes que perder el barco entero—hubo un silencio incomodo, un intercambio de miradas, y como si acabara de darse cuenta de algo importante soltó—, o a alguno de sus tripulantes.

—Ya lo he llevado otras veces.

—Sí, pero bajo la supervisión de mi padre. Esta vez vas a estar solo tú como máximo responsable.

—Tranquilo Roberto, no va a haber ningún problema. Iremos muy al sur, encontraremos las sardinas, y volveremos con el barco a rebosar.

—Eso espero. Y también espero que para cuando vuelvas, mi padre esté mejor. Nunca se había puesto tan enfermo. Tengo que hacer todo su trabajo y creo que me va a explotar la cabeza.

—Pues tú tranquilo que nosotros no te vamos a dar problema alguno. Puedes confiar en mí.

—Bueno, voy a seguir con el trabajo. Sal en cuanto esté todo preparado.

Roberto se esforzó para esbozar una sonrisa y luego se marchó. La amabilidad que demostró ese día fue algo inusual. Tal vez le preocupaba tanto su padre que era incapaz de pensar en otra cosa. El caso es que no se volvió a producir, y menos con Gregorio. Se acabó convirtiendo en una persona seria, dura y triste. Se casó con una mujer de bandera, llevó el negocio de su padre hasta la gloria, tuvo muchos hijos y a los cincuenta y dos años, se acabó quitando la vida. Una historia triste, de un hombre triste. Pero me estoy andando por las ramas. Y nada de eso viene a cuento.

Tiempo después, todo estuvo preparado. Y el barco, de nombre *La Graciosa*, zarpó rumbo sur, en busca de los esquivos bancos de sardinas. Los primeros días, todo fue con normalidad. Al cuarto, el motor se paró de repente.

– ¡Arturo!

– ¿Si, mi capitán?

– ¡Déjate de chorradas! Ve y despierta a Bernardo, que el motor se ha parado.

¡Basura de barcos estos, nada como uno de vela! Pensó Gregorio.

– ¿Qué pasa Gregorio? –preguntó Bernardo, restregándose los ojos.

–El motor se ha parado. Intenta arreglarlo.

–Vale–dio media vuelta, bajo hasta la sala del motor y no se le volvió a ver hasta tres horas después. Cuando volvió a subir, tenía toda la cara manchada de grasa y resoplaba por el esfuerzo–. Esto motores son una mierda–dijo–. Han inventado unos nuevos que se llaman motores diésel. Díselo a Fermín cuando volvamos. Eso es el futuro. Prueba ahora.

Gregorio probó y lo motores volvieron a funcionar.

– ¡Arturo!

– ¡Sí, mi capitán!

– ¡Qué te dejes de chorradas! No soy tu capitán.

– ¡No, mi capitán!

– ¡Cómo quieras! Vuelve abajo, que seguimos el viaje.

– ¡Sí, mi capitán!

Benito, que estaba cerca comenzó a reírse, mientras miraba al horizonte. Gregorio hizo un gesto, impreciso, cómo dando a entender que no iba a seguirle el juego a Arturo. Y Arturo bajó sin más.

—Aquellas nubes de estribor, son muy oscuras.

—Cierto.

—Puede que esta noche haya tormenta —predijo Benito.

—Puede ser.

— ¿No te preocupa?

—La verdad es que no mucho. Si hay tormenta, pues nos mojaremos. Lo único en lo que puedo pensar es en terminar de pescar rápido, para poder volver a casa.

—Una vez, cuando era pequeño, un hombre llamado Tiago, me dio un arco y unas flechas. *¿Para qué es esto?* Le pregunté. *Para que me ayudes* respondió. Ese hombre me enseñó a tirar con el arco. Me enseñó a contener la respiración antes de disparar, me enseñó que las flechas siempre caen, así que hay que apuntar un poco por encima del objetivo. Y cuando creyó que estaba preparado, me llevó al bosque. Rastreó durante horas, yo lo seguí emocionado, hasta que encontramos al ansiado ciervo. Nos agazapamos y avanzamos con cuidado. Me miró, y me dijo… *¿Tienes miedo?* Respondí que sí y él me dijo *eso quiere decir que no estás loco.* En ese momento no pude entenderlo bien, pero creo que ya lo hago. El miedo nos mantiene vivos. ¿Entiendes?

Gregorio asintió con el rostro serio, pero en lo único en que pensaba realmente era en Marcela. Puede que Gregorio también entendiera las palabras de Tiago tiempo después de escucharlas, o puede que no.

Lo primero que llegó fue el viento. Pequeñas olas golpeaban el barco con un ritmo constante. Más tarde, comenzó a oscurecerse el día. Todos, en el barco, miraban con recelo al cielo turbulento que los alcanzaba poco a poco. Todos, menos uno. Gregorio, con una sonrisa bobalicona en la cara, permanecía ajeno a lo que se les venía encima. A continuación, comenzó a llover. A medida que aumentaba el viento la lluvia empezaba a ser cada vez más horizontal. Y cuando cayó el primer rayo, cómo si despertara de su idílico sueño, se dio cuenta de que la temida tormenta, que Benito había previsto, los había alcanzado de lleno y ya era demasiado tarde para evitarla.

Las olas crecían por segundos, el viento proyectaba las gotas de agua tan fuerte, que parecían perdigones. Se hizo la noche en el día. Dos metros, tres metros, cuatro metros, cinco metros. Las olas crecían y el barco, cual patito de goma, se veía arrastrado por ellas.

– ¡Agarraos! –gritó Gregorio cuando todos estuvieron en la cubierta.

El agua corría libremente sobre el barco desplazando con ella los aparejos de pesca, los bártulos y cajas de pescado. Los rayos parecían ser atraídos por el metal de la chimenea, pues decenas de ellos cayeron cerca de los muchachos. Uno incluso le quemó un poco las cejas a Arturo. O eso pensó él cuando notó un olor intenso a chamusquina.

No tardó en formarse un caos inmenso. Los tripulantes corrían de aquí para allá, intentando amarrar lo mejor posible todo aquello que pudiera perderse por la tormenta. Mientras, Gregorio mantenía firme el barco intentado que la siguiente ola no fuera la que destrozara la embarcación por la mitad.

No sé si fue fruto del azar o simplemente de la torpeza. Pero Bernardo, el cual estaba agazapado, agarrado al barco y deseando que todo pasara, vio de repente como una de las cajas que había amarrado se soltaba y comenzaba a moverse, peligrosamente, por la cubierta. Dudó un segundo, pero el sentido del deber pudo más que el de la prudencia y se lanzó decidido a arreglar el problema. Dio unas grandes zancadas, agarró la caja y se incorporó. Una ola enorme golpeó el barco por una banda, Bernardo tropezó y, junto con la caja de pescado, fue a parar a las embravecidas aguas del mar del sur.

– ¡Bernardo ha caído al agua! –gritó Benito.

– ¡Tenemos que ayudarle! –soltó Arturo en un tono muy agudo.

Se podían ver los brazos del hombre en medio de la oscuridad. Los agitaba con desesperación y, aunque era casi inaudible, llegaban sus gritos de terror. La maniobra era complicada, si una ola cogía al barco en una mala posición, volcarían y todo se acabaría en cuestión de minutos. Pero tenían que ayudarlo.

Gregorio comenzó a dar la vuelta al barco.

– ¡Allí está, aun lo veo! ¡Date prisa! –Benito era presa del pánico, pero sabía que si flaqueaba ahora su compañero moriría.

Cuando estuvieron cerca lanzaron un cabo. El hombre estaba exhausto y apenas conseguía mantener la cabeza fuera del agua.

– ¡Vamos cógelo! –gritó Gregorio desesperado.

Bernardo consiguió agarrar la cuerda, pero las fuerzas lo estaban abandonando con rapidez y al tirar de él, se le escapó de las manos.

– ¡Inténtalo, hombre! ¡Estamos aquí contigo! –las palabras de ánimo de Benito animarían a cualquiera. Pero Bernardo estaba exhausto. Miró a los muchachos como queriéndose despedir y entre el ruido, el viento y la lluvia, Bernardo se hundió.

– ¡Nooooo! –gritaron al unísono. Arturo, se alongó y rebuscó en el agua. Estaba abatido y buscaba a Bernardo con furia. Gregorio lo agarró con una mano, mientras con la otra mantenía firme el timón. Tiró de él y lo volvió a meter dentro del barco.

– ¡Amarraos! –ordenó. Y fue lo último que pudo decir ese día, pues el impacto de otra ola gigante, lo hizo resbalar y quedó inconsciente al golpearse la cabeza contra el timón.

Benito y Arturo fueron a ayudarlo. La sangre se mezclaba con el agua salada y se deslizaban juntas por la cubierta. Arturo agarró a su amigo en peso y lo llevó abajo mientras Benito manejaba el timón. Tiempo después el marinero de espesa barba volvió a subir. Se amarraron al barco y tuvieron que luchar ellos solos contra la tormenta.

Capítulo 3

La cabeza le daba vueltas. Benito entró en el camarote con una jarra de agua y algo de pan. Se tocó la frente y notó que se la habían vendado. Se miró los dedos y estaban manchados de sangre seca.

– ¿Qué ha pasado? –preguntó.

Benito se sorprendió al ver que su amigo había despertado. Se alegró un segundo y luego volvió a ponerse tan serio como estaba. Se acercó a él y le miró a los ojos.

–Después de que perdiéramos a Bernardo, te resbalaste y te hiciste una brecha en la cabeza.

– ¡Mierda! ¡Qué torpe! ¿Qué pasó después?

–Pues… Arturo te trajo aquí y yo me puse al timón. Hice lo que pude, pero horas después de que te pasara eso y poco antes de que terminara la tormenta, un rayo impactó de lleno en el barco. Chamuscó por completo el motor y tuvimos que navegar a la deriva.

– ¿Qué dices? ¿El motor está roto? ¿Y cómo vamos a volver ahora?

–Espera, que aún no he terminado. Han pasado casi tres días desde que quedaste inconsciente. La corriente nos arrastró durante mucho tiempo. Las pocas provisiones que no perdimos ya empezaban a escasear, cuando llegamos a una isla. Estamos varados en la arena. Arturo está fuera intentando hacer un fuego para cocinar unos conejos que cazamos con unas trampas. Sería lo primero caliente que comeríamos en todo este tiempo. Estamos encallados, sin motor y casi sin comida. Pero menos mal que tú te has despertado.

– ¡Sí, menos mal! Ahora puedo pasar hambre con ustedes.

– ¡Exacto! Ven, que te ayudo a levantarte.

Cuando Gregorio puso un pie en la playa, miró atrás y vio el precario estado del barco. Tenía varios agujeros en el casco y la cubierta estaba completamente chamuscada. Estaba ladeado, y el agua entraba por los boquetes sin permiso alguno. Luego miró hacia el otro lado y vio a Arturo dando pequeños saltitos de alegría. Una ligera humareda delató que había tenido éxito.

Cuando vio a Gregorio, corrió hacia él con una sonrisa de oreja a oreja en la boca.

– ¡Mira, ven! ¡Mira lo que he conseguido!

Gregorio, mareado, descompuesto y zarandeado por su amigo se acercó al fuego. Se sentó con las piernas cruzadas. Miró la llama, pensativo, varios segundos. Luego un enorme rugido, de furia, lo despertó de su atolondramiento.

– ¡Tengo hambre! –dijo entre dientes. No habló más durante mucho tiempo. Simplemente se dedicó a esperar a la comida.

Comió un conejo entero y algo de fruta que quedaba en el barco. Lo cierto es que la comida no estaba muy buena, sabía a la resina de la madera. Pero era tanto el hambre que tenía por haber estado tres días sin comer, que lo devoró todo sin compasión. Con la barriga llena y los pesares retumbándole en la cabeza, se acostó en la arena. Estaba boca arriba, cerró los ojos y quiso imaginarse en otro lugar. Otro mejor, uno en el que pudiera estar con Marcela y no en esa playa. Un pensamiento le llevó a otro, imaginó e imaginó y su posible futura vida pasó delante de sus ojos. Imaginó bebés, boda, familia y felicidad. Tanto se abstrajo de la realidad que volvió a quedarse dormido.

Benito hizo un amago de despertarlo, preocupado. Pero Arturo lo cogió del brazo y le dijo que lo dejara, que necesitaba descansar.

— ¿Qué vamos a hacer? –preguntó Arturo–. El motor está destrozado y Bernardo era el único que podía arreglarlo. Además, hay varios boquetes en el casco.

–Tendremos que repararlo. Y lo del motor… quizá podríamos fabricar una vela.

— ¿Una vela? ¿Y con qué telas? ¡No tenemos nada!

–Bueno, tenemos aguja e hilo. Puede que consigamos hacer una juntando pieles de animales. Solo tenemos que cazarlos y despellejarlos.

— ¿Pero te estás oyendo? ¿Pieles de animales? ¿Cuántos conejos tendríamos que cazar para hacer una vela decente?

–Estoy dando ideas, Arturo. La otra opción es quedarnos aquí a morirnos de viejos.

— ¡A lo mejor alguien viene a rescatarnos! Puede que ya nos estén buscando.

— ¿Y quién exactamente, si se puede saber? Ni siquiera sabemos en donde estamos. Además, nuestra llegada no se espera hasta dentro de unas semanas y no es extraño que nos retrasemos bastante. Desde mi punto de vista solo hay dos opciones: quedarnos aquí o hacer algo.

–Pues cazaremos animales entonces. Puede que en el interior de la isla haya ejemplares más grandes.

–Necesitaremos armas. Si encontramos un jabalí o algo mayor, tendremos que usar algo más contundente que una cuerdita atada entre dos palos. ¿No crees?

— ¿Armas? ¿Cómo un machete o algo así?

—Creo que lo mejor sería que fabricaras una lanza. Así puedes arrojarla desde lejos. Esos condenados animales corren una barbaridad.

— ¿Una lanza? No sabría por dónde empezar.

—Pues coge un palo, tállalo y para la punta puedes usar algo de metal del barco o si no una piedra tallada.

— ¡Vale! ¿Y tú?

—Yo ya tengo mis propios planes. No te preocupes.

El plan de Benito era crear un arco perfecto usando madera de un árbol cercano y una cuerda que encontró en el barco. Recordaba perfectamente las enseñanzas de Tiago. Cuando terminó la forma principal del arco lo talló delicadamente. El adorno consistía en unas líneas finas y elegantes que serpenteaban ligeramente. Luego ató la cuerda y, después, comenzó a hacer una cantidad ingente de flechas. Para las puntas usó pequeños trozos de chapa metálica recortados y limados.

El fino trabajo de Benito contrastaba con la tosquedad de Arturo. Tallaba con fuerza y en varias ocasiones la madera no soportó la fuerza ejercida y quebró por la mitad. Al cuarto intento el muchacho logró terminar la lanza. Grande y poderosa como ninguna. Arturo se aseguró de que la punta estaba firme, luego simuló unas estocadas y, por último, lanzó el arma. Voló y voló para caer a una distancia increíble. Benito lo vio y no quiso ser menos. Se levantó, apuntó al cielo, tensó el arco y soltó una flecha. Voló con gracia. También llego lejos, pero no llegó a alcanzar a la lanza de Arturo.

Arturo sacó pecho. Benito no quiso ni mirarlo. Y como si de una apuesta se tratara, el pobre arquero, tuvo que ir a buscar la flecha y la lanza.

Para cuando Gregorio se despertó, sus amigos ya no estaban. Habían ido a cazar y no quisieron despertarlo. Por supuesto, Gregorio no lo sabía. Pero poco le importó. Se sentía culpable por lo de Bernardo y el destrozo del barco. Lo único que quería era quedarse allí sentado mirando a la orilla. Las pequeñas olas golpeaban el casco y pudo ver como un cangrejo salía de la sala de máquinas. No pudo aguantarlo más, se llevó las manos a la cara y se echó a llorar.

Tiempo después el chico ya estaba más sereno. Mataba el rato haciendo rebotar piedras en el mar cuando escuchó a Benito gritar.

– ¡Gregorio…! –el muchacho apareció de entre las palmeras con el semblante desencajado y temblando de pánico. Gregorio se quedó paralizado unos segundos. Luego corrió hasta su amigo.

– ¿Qué pasa Benito? –preguntó.

– ¡Tienes que ayudarme!

–Pero… ¿Qué te pasa?

–A mí nada. ¡Es Arturo!

–Serénate Benito y cuéntame que ha pasado.

– ¡No lo vas a creer!

–Inténtalo–Benito consiguió tranquilizarse un tanto y comenzó a describir lo sucedido. Contó lo de su idea de fabricar una vela, que necesitaban cazar y que por eso se adentraron en la isla.

–El bosque es muy espeso por esa zona–continuó relatando–. No se podía ver con claridad. Era como si el cielo estuviera completamente opaco. Entonces lo vimos, allí estaba. Era un jabalí enorme. Nos movimos con cuidado. El animal estaba entretenido buscando comida. Cogí una flecha y tensé el arco, apunté con cuidado y solté. La flecha paso rozando. El animal se asustó y se dispuso a huir. Agarré una nueva flecha, a la vez que Arturo agarraba la lanza y lanzamos prácticamente a la vez. Tú sabes que Arturo siempre fue un bruto…

– ¿Fue…? ¿Cómo que fue? Benito, dime ahora mismo que fue lo que pasó. ¿Arturo dónde está?

–Lo cierto es que no lo sé. No sé si está bien. Todo fue muy rápido. Y puede que ya esté muerto.

– ¿Pero… de qué hablas? ¡Cuéntame rápido!

–Como te decía… siempre fue un bruto y lanzó su lanza con muchísima fuerza, mucho más de la necesaria. El arma subió casi verticalmente, subió y subió y luego se perdió. No llegué a verla caer. Lo único que conseguí ver es que mi flecha atravesó el cuello del jabalí. ¡Todo pasó muy deprisa! –Benito reprimió el llanto con dificultad.

– ¡Dímelo! ¿Qué pasó después?

–Es extraño y difícil de creer. Pero antes incluso de que pudiéramos celebrarlo, una especie de cuerdas blancas salieron disparadas desde lo más alto de los árboles, se enredaron en Arturo y en un visto y no visto… puff. Desapareció en las sombras, más allá de donde se alcanzaba a ver. No pude reaccionar a tiempo, no pude salvarle. Me quedé allí unos segundos pensando en lo que acababa de pasar como si se tratara de un sueño y luego volví a verlo. Esos látigos furiosos, bajando a toda velocidad. Esta vez me buscaban a mí. Salté hacia atrás, tropecé y caí. Tuve que esquivar otra cuerda girando en el piso hacia la izquierda. Me levanté como pude y corrí hacia aquí.

Gregorio lo miraba con una expresión extraña, era una mezcla de horror e incredibilidad.

– ¿Qué pasó qué? –logró decir.

– ¡Ya lo sé! Es imposible de creer, pero es lo que ocurrió. Tenemos que ir a ayudarle.

–Pero… si acabas de decir que puede estar muerto.

–Y así es, pero si no lo está tenemos que ayudarle.

– ¡Tienes razón! –Gregorio se llevó una mano a la boca mientras pensaba–. ¿Y qué haremos? ¿Cuerdas dijiste?

–Sí, cómo si las hubieran tejido unas arañas gigantes o algo así.

— ¿Arañas gigantes? —Gregorio hizo un esfuerzo enorme para que no se le notara el pánico en la voz–. ¿Y cómo hacemos para rescatar a Arturo de arañas gigantes?

—Yo no vi ninguna araña, pero esas cuerdas…

— ¿Qué se te ocurre?

—No lo sé, tendríamos que trepar por los árboles. Seguro que está amarrado en la copa del alguno cercano a donde abatimos al jabalí.

— ¡Vale! Vamos a ese lugar, trepamos y luego… ¿qué?

—Yo tengo mi arco y tú puedes llevar una antorcha. Puede que el fuego asuste a esas odiosas arañas.

—Buena idea. ¡Vamos allá!

Los muchachos, con una enorme y contundente furia recorriéndole por las venas, se prepararon y se adentraron en el bosque. Avanzaron rápidamente los primeros kilómetros, pero a medida que se acercaban al jabalí caído comenzaban a volverse cada vez más cautos y silenciosos.

— ¡Allí está! Fue un disparo realmente precioso—dijo Benito.

—Sube tú por este árbol, yo subiré por el otro—Gregorio, que sostenía una antorcha en la mano izquierda, agarró un palo con la derecha.

—Cuando estemos arriba, yo les lanzo flechas y tú les das con el palo. Si se te acercan mucho usa la antorcha, no se nos escaparan estas horribles y sanguinarias arañas. Rescatemos a nuestro amigo.

Gregorio asintió y se dio la vuelta. Se acercó al árbol que le tocaba escalar y lo miró con decisión. Pensó un segundo, miró la antorcha y el palo. Se giró, entonces, para preguntar a Benito cómo podía escalar el árbol teniendo las manos ocupadas, pero allí no había nadie. Por un segundo pensó que Benito era mucho mejor escalador de lo que él pensaba, pero al mirar hacia arriba tampoco lo vio. Se volvió a girar y ya fue demasiado tarde.

Ululantes, sinuosas y terroríficas cuerdas lo enredaron y tiraron de él con fuerza hacia lo más alto de los más altos árboles del único bosque de la isla. Subió de golpe y sin previo aviso. Gregorio miraba hacia lo alto y pudo ver un techo oscuro. Era como el fin de mundo, la oscuridad infinita. Al acercarse más, cerró los ojos, para prepararse para el impacto. Era inminente y sin duda sería desastroso.

Pero llegó el momento y no fue nada de eso. Atravesar el linde oscuro fue como caer en una montaña de hojas amontonadas a los pies de un árbol de hoja caduca en una tarde de otoño.

La oscuridad dio paso a la mayor de las claridades y pudo ver, entonces, los terribles rostros de sus captores. No eran horripilantes arañas gordas y cebadas. Era mucho más difícil de describir.

Alrededor de los dos muchachos había una veintena de esos seres. La gran mayoría empuñaba armas amenazadoramente. Frente a ellos había un trono, un rey coronado y su enclenque y malhumorado consejero.

El rey se levantó. Todos se inclinaron con devoción. Miró con desprecio a los muchachos y dijo:

—Soy Tárucan, señor del reino de Craptalia y defensor de la raza de los hijos de la seda.

Antes de continuar, me veo obligado a hablaros de estos seres. Su verdadero nombre es casi imposible de articular en nuestra lengua y es mucho más difícil de escribir. Conocidos popularmente como los hijos de la seda o sedonios, vivieron durante miles de años en la isla de la seda, al sur de Isla Verina. Fueron oficialmente descubiertos años después de que Gregorio y sus amigos naufragaran. Y por culpa del hombre fueron llevados casi hasta su extinción. Actualmente viven en pequeños refugios aislados, alejados de los pueblos y ciudades. Han logrado pasar desapercibidos en gran parte de culturas gracias al efecto "*¡eso te lo has inventado!*" y el *"tú sí que eres un bicho enorme"*, además de a su costumbre de hacer sus casas en lo alto de los árboles, en mitad de los bosques.

Son insectos. Miden entre medio metro y metro y medio en su edad adulta. Son de color marrón los machos y un tono más verde las hembras. La cara se asemeja a la de una mantis religiosa y poseen delicadas alas translúcidas que les permiten volar pequeñas distancias. Tienen poderosas piernas y garras, parar trepar y saltar de árbol en árbol.

Se alimentan de las hojas de algunos árboles, frutos y en ocasiones carroña no muy descompuesta.

Los individuos se emparejan de por vida (algo muy extraño entre los insectos). Cavan sus nidos en la tierra y cada hembra puede llegar a poner hasta cien huevos en cada puesta. La madre abandona el nido en pocos días. Los hijos apenas tienen contacto con sus padres, en ocasiones ni siquiera llegan a saber quiénes fueron (aunque lo sospechen). Nacen en forma de gusano, alimentándose de desechos en la tierra. Después del primer año, pasan a la fase de crisálida y finalmente se convierten en hijos de la seda.

El deshecho que se genera en esa última fase la usa parar obtener grandes cantidades de seda. La aprovechan para crear sus ropas, armas, casas y, por supuesto, un enorme tejido entre los árboles a modo de suelo. Esto les permite edificar pueblos enteros en las alturas.

Imaginaros ahora a nuestros amigos, enredados entre miles de hebras de seda y contemplando cómo un todo poderoso señor de los insectos se dirigía a ellos. Creo que incluso preferían luchar contra sus imaginarias arañas gigantes.

—Soy Tárucan, señor del reino de Craptalia y defensor de la raza de los hijos de la seda—dijo el temible ser, con las manos en alto—. Vosotros, los seres del mundo de las raíces y las sombras, venís a mi tierra y saqueáis nuestras casas en busca de nuestra preciada seda. Os repelemos a duras penas con nuestras armas y decidís escarbar en la tierra en busca de nuestras crías. He mandado espías a vuestro poblado y sabemos lo que tramáis. ¡Horrible! ¡Espantoso! Secuestráis a nuestras crías, dejáis que lleguen a formar su crisálida y luego las matáis para obtener la seda. ¡Cobardes! No podéis con nosotros y les arrebatáis la vida a unos niños indefensos. ¡Sucios barlocks! —el rey escupió al suelo y prosiguió—. Enviaré vuestras cabezas al poblado, eso servirá de aviso. Tres cabezas, sí señor. ¡Cortádselas, y al otro preso también!

– ¿Has oído eso Gregorio? —susurró Benito.

– ¿Qué parte exactamente? ¿Lo de las cabezas?

– ¡Sí! Ha dicho el otro preso. Arturo está aquí. ¡Tenemos que hacer algo!

– ¡ESPERAD! —gritó Gregorio. El corazón se le había desbocado, estaba actuando por impulso y ni siquiera había pensado sus siguientes palabras. Los soldados, que avanzaban hacia ellos decididos, pararon en seco y miraron al rey.

– ¿Tenéis algo que decir? —preguntó Tárucan.

– ¡Sí! Nosotros no somos birchoks.

– ¿barlocks? —corrigió el consejero del rey.

– ¡Eso! Nosotros no somos barlocks. Somos personas humanas.

– ¿Personas humanas? —preguntó el rey a su consejero en voz baja.

—No sé a qué se refieren, mi señor. Sucios barlocks es lo que me parecen a mí. Cierto es que son más altos y tienen menos pelos, pero está claro que su naturaleza es la misma.

—Si no sois barlocks, por qué nos atacasteis—continuó el rey.

—Nosotros no os hemos atacado—saltó Benito—. Fuisteis vosotros quienes nos capturaron sin razón.

– ¿No nos atacasteis? —el rey volvió a sentarse. Se llevó la mano a la cara, se le notaba decepcionado.

– ¿Lo veis, mi señor? Nos mienten y nos intentan embaucar. Son sucios barlocks sin duda.

– ¡Traed el arma! –ordenó el rey. La muchedumbre se apartó y apareció un soldado portando la lanza de Arturo–. ¿Negáis que lanzarais esta arma hacia nuestras tierras? Esa señora de ahí dice que le pasó rozando.

Los chicos miraron hacia atrás y pudieron ver a una sedonia, anciana, que llevaba un bolsito de seda muy mono, agitando el puño con fuerza y escupiendo cabreada.

–Es cierto que esa lanza la arrojó el muchacho que capturasteis antes que a nosotros–dijo Gregorio–. Pero nosotros no pretendíamos haceros daño a ninguno de vosotros. Ni siquiera sabíamos que existierais. Simplemente tratábamos de cazar un jabalí para comer esta noche y poder usar su piel.

– ¡Muy alto para un cerdo, mi señor! –susurró el consejero–. Yo creo que querían darnos a nosotros. ¡Estos barlocks se quieren librar del castigo!

–Aseguráis ser personas hermanas y…

–Humanas…–corrigió Benito. Arriesgada acción en mi opinión. Pero al rey no le pareció molestar en absoluto.

– ¡Eso! Personas humanas y no ser barlocks. Pues si es así… ¿cómo es que jamás he oído hablar de vuestra raza?

–Nosotros no pertenecemos a este lugar–contestó Benito–. Navegábamos en nuestro barco cuando una horrible tormenta nos alcanzó. Se nos rompió el motor y la marea nos trajo aquí. Intentamos cazar animales para utilizar su piel a modo de vela y poder volver a casa– el rey se quedó con la boca abierta, atolondrado por tanta información.

– ¿Qué es un barco? –preguntó finalmente.

—Es un transporte, alteza— dijo Gregorio—. Nos movemos por el mar gracias a ello.

– ¿El mar? —susurró el consejero—. No os fieis alteza. El mar es para los peces, el suelo para los barlocks y los árboles para nosotros. Tratan de engañarnos.

– ¡He decidido! —dijo el rey levantándose de nuevo y con las manos en alto—. Mandaré a mis espías a investigar en busca de ese transporte. Si lo encuentra, asumiré que no sois barlocks, si no, tres cabezas menos. ¿Qué os parece?

– ¡De fábula! —dijo Benito con un rin tintín muy especial.

—Decidido pues. Marchad espías. Guardias, encerradlos con el otro preso y avisadme cuando haya noticias. ¡Me voy a comer un poco de hojas tiernas! ¡Vamos consejero, tenemos mucho de lo que hablar!

Los soldados, a base de empujones, condujeron a los presos hasta las mazmorras. Para ello atravesaron el poblado, un intrincado enramado de edificios hechos con seda trenzada. La mayoría eran blancos, aunque algunos pocos eran amarrillos. La luz hacía que todo brillara con un apacible encanto.

Cuando los arrojaron dentro de la celda, pudieron ver a Arturo. Realmente las paredes del lugar eran bastante delicadas. Pero al estar los tres completamente enredados, era complicado hacer cualquier movimiento. Más tarde, Arturo, intentaría escapar haciendo un agujero con la boca. Y lo consiguió, pero no lo bastante grande. Lo único que pudo hacer, antes de que volvieran a por ellos, fue sacar un poco de una pierna. Pero creo que me he adelantado demasiado. Continuemos.

– ¡Arturo! ¿Estás bien? —preguntó Benito intentando acercarse a él.

– ¡Suéltame bicho! —gritó Arturo sobresaltado.

– ¿Qué dices? —Arturo, al cual acababan de despertar, se giró y pudo ver a ambos.

— ¡Benito, Gregorio! ¿Qué hacéis aquí? —dijo entusiasmado. Luego continuó en un tono mucho más apagado—. ¡Malditos bichos! Ahora nos comerán a los tres.

Gregorio puso al corriente de lo hablado en la corte del rey a su amigo. Relató todo lo acontecido sin detenerse demasiado en detalles y luego se quedó en silencio.

— ¿Qué te pasa? —le preguntó Benito después de un rato.

—Estaba pensando en que pasará después...

—Pues cuando encuentren el barco sabrán que no somos berchos de esos... y nos dejarán marchar.

— ¿Nos dejarán marchar? —saltó Arturo.

Gregorio, con semblante serio y sombrío, miró hacia el cielo por un pequeño resquicio de la ventana y luego sentenció.

—Eso espero, amigo mío, eso espero.

Capítulo 4

Los habitantes de Craptalia se arremolinaban con expectación en la corte del rey. Ya no eran veinte insectos. La voz había corrido por el pueblo y ahora eran cerca de mil individuos. Se pegaban empujones y trepaban a los árboles cercanos.

– ¡Traed a los prisioneros!

Los seres murmuraban, ávidos e inquietos. *"¿Qué hará el rey con esos Barrocos?"*, preguntaban algunos. *"¿Crees que entraremos en guerra?"*, preguntaban los de más allá. *"¡Pues si hay guerra yo quiero luchar!"*, dijo uno que parecía muy joven. *"No seas necio, tú dedícate a lo tuyo y déjate de guerras"*, una anciana, escandalizada al escucharlo.

Los tres muchachos llegaron al lugar. De tres patadas quedaron tirados en el piso a merced de los deseos del rey.

– ¡Los espías han vuelto con noticias! –proclamó–. El transporte fue hallado y, por lo tanto, declaro que estos seres no son barlocks.

La muchedumbre quedó perpleja.

–Entonces… ¿Qué son, alteza? –chilló uno desde no se sabe dónde.

–Estos seres serán conocidos como personas humanas.

– ¿Lo vez, Gregorio? ¡Te lo dije! –la sonrisa en la cara de Benito era deslumbrante.

–Ahora solo queda determinar su futuro.

– ¿Qué quiere decir con eso? –preguntó Arturo con preocupación.

–Aunque no sean barlocks no han quedado claras sus intenciones hacia nosotros. Además, conocen la ubicación de nuestro pueblo y cualquiera sabe lo que supondría para nosotros darles libertad. Dicen que no nos atacaron, pero aquí están sus armas. Y si los soltamos ahora puede que vuelvan en mayor número. Debemos ser cautos y erradicar el problema de cuajo. Así que, por el reino de la seda y sus habitantes, condeno a estos seres a morir de deshidratación. Proceded a amarrarlos en donde el sol les dé bien fuerte. Volveremos a por ellos en unos cuantos días.

Los corazones de los muchachos se desbocaron al unísono. *¡Morir de deshidratación!*, dijo. Los soldados avanzaron decididos, los agarraron y los pusieron en pie. La muchedumbre aplaudía entusiasmada y el rey disfrutaba de ello.

– ¡Esperad! –gritó de repente Gregorio–. ¡Esperad un momento!

– ¡La decisión está tomada! –el tono del rey se había tornado, peligrosamente, a grave.

– ¡Pero nosotros podemos ayudaros! –continuó Gregorio–. Tenéis problemas con los barlocks ¿verdad?

– ¡Así es!

–Pues nosotros podemos combatirlos por vosotros.

– ¿Cómo dices?

—Vosotros vivís aquí, en lo alto de los árboles. Os desenvolvéis bien en lo alto, pero ellos tienen ventaja en el suelo y por eso saquean vuestros nidos.

— ¡Cierto! No podemos vigilarlos bien desde aquí.

—Pero nosotros sí. El medio natural de las personas es la tierra. Perdonadnos la vida y acabaremos con esas bestias por vosotros.

— ¿Un trato? ¡Qué emocionante! —el rey daba saltitos en su trono.

—No os fieis de ellos, alteza—susurró el consejero—. Son harto astutos.

— ¡Gregorio! ¿Qué haces? —susurró Benito.

— ¡Un segundo, alteza! —soltó Gregorio—. Mis amigos me requieren.

El rey lo miraba ahora con ojos inquisidores. Intentaba adivinar el siguiente paso de su adversario.

— ¿Qué estas tramando? ¡Nosotros no somos guerreros! —dijo Arturo, el cual se sentían aun derrotado.

— ¡Ni falta que hace! —contestó—. No pienso luchar contra nadie, solo quiero ganar tiempo para poder salir de aquí y volver a casa.

—Pero se te escapa un detalle—apuntó Benito.

— ¿El qué?

—Aunque salgamos de aquí, el barco sigue roto. ¿Cuánto tiempo vas a conseguir engañándolos?

— ¡Cierto! —Gregorio se llevó una mano a la boca para poder pensar mejor.

— ¿Humano? —el rey se impacientaba.

– ¡Sí, alteza! Ya están claras nuestras necesidades. Los tres valerosos guerreros del norte os ayudarán a acabar con la plaga de barlocks por un mísero precio.

– ¿Cuál es ese precio?

–Primero, nuestra inmediata liberación.

– ¡Trato hecho!

– ¡Mi señor, yo creo…! –susurraba el consejero.

– ¿Y segundo?

–Segundo, vuestros ingenieros trabajaran en un transporte nuevo para que podamos volver a nuestro hogar.

– ¡Acepto! ¿Algo más?

–Sí. Por último, los tres soldados humanos no moverán un solo músculo hasta que el transporte esté completamente terminado. Esta última petición es debido a que, para nosotros, lo más importante es el transporte y no arriesgaremos nuestras vidas hasta asegurarnos de que está acabado. ¿Qué decís?

– ¡Bien pensado! –susurró Arturo.

– ¡Cuidado, alteza! –el consejero.

–Los tres soldados humanos acabarán su trabajo y luego tendrán su transporte.

– ¡Mierda! –dijo Arturo.

–Pero alteza, necesitamos saber que el transporte será construido.

– ¡Os doy mi palabra!

–Pero yo…

– ¡No lo enfades! –saltó Benito–. ¡Se prudente!

– ¡Trato hecho, alteza! El barco será construido al acabar el trabajo.

– ¡Perfecto! ¿Dónde está el sabio?

– ¡Aquí, alteza! –un anciano dio un paso adelante, apoyándose en un endeble bastón.

–Anciano, acompaña a los humanos a la fábrica de armas. Consígueles un equipamiento digno y de paso háblales de los barlocks. Seguro que juntos ideáis un plan para acabar con ellos de una vez por todas. ¡Soldados, soltad a nuestros héroes! ¡Debemos tratarlos como se merecen!

Los soldados rasgaron las ataduras de los muchachos y los pusieron en pie. Uno tuvo el detalle de estamparle en el pecho, a Arturo, una jarra llena de licor de miel de palmera. El chico lo olió con cara de expectación.

– ¡Mirad, es licor! –acto seguido tomó un buen trago. Quiso pasarle la jarra a Benito, el cual lo miró con cara de asco. Ciertamente no sabía si esos seres consideraban comestible las mismas cosas que ellos, así que prefirió no beber ni una gota.

Gregorio, Arturo, Benito, el anciano y dos soldados (a modo de escolta) avanzaron por los tortuosos caminos de seda. Los sedonios del pueblo se apartaban con expectación. Diez minutos después llegaron a un edificio amplio pero sencillo. En realidad, no era más que una gran bola de seda pegada a un árbol, con una pequeña abertura a modo de puerta.

Arturo dio un último trago a la jarra de licor de miel y la arrojó al piso. Un sirviente de la corte se apresuró a recogerla y desapareció más allá de la multitud, entre espasmódicas reverencias. Acto seguido entraron en la fábrica de armas.

El ambiente, en esa estancia sombría, era asfixiante y deprimente. El techo estaba lleno de estanterías. Estaban pegadas fuertemente y no parecía haber peligro de derrumbe. En el centro había cuatro mesas de aspecto antiguo, llenas de papeles garabateados y máquinas extrañas. En las paredes, había cantidad de esqueletos de seres desconocidos. Algunos eran grandes y alados, otros eran pequeños acorazados. Se podría decir que aquel lugar conseguiría hacer despegar la imaginación de la persona más obtusa del mundo.

– ¿¡Qué demonios…!?–musitó Benito.

La siguiente conversación tuvo lugar en el idioma de los sedonios, el cual se basa en chasquidos y gruñidos. Los muchachos no pudieron entender nada de lo que a continuación relato:

– *¡Breicol!* –le dijo el anciano a una estatua que estaba cerca de la entrada.

– *¡Habla, anciano!* –la estatua abrió los ojos y miró al gentío con expectación. Esto casi hace que le diera un ataque al corazón a Gregorio, el cual se encontraba bastante cerca de la estatua.

– *¡Llama al maestro armero!*

– *¡Enseguida!* –la estatua puso los ojos en blanco, luego los cerró y volvió a quedar completamente inmóvil.

Una pequeña puerta se abrió de golpe y apareció un viejo y pequeño sedonio. Llevaba unas ridículas y extrañas gafas oscuras. En la espalda cargaba con un aparato que le permitía volar con soltura en todo momento y no como los sedonios normales, los cuales solo usan sus alas para saltar de árbol en árbol. Se acercó revoloteando, se colocó bien las gafas para ver con claridad quien lo visitaba y luego se posó en una de las mesas.

– *¿Qué te trae por aquí anciano? Aun me debes aquello que tú y yo sabemos, y sigo esperando*– a lo que el armero se refería era a unas piedras preciosas bastante valiosas. Resulta que no hace muchos días, estando en la plaza, el anciano apostó con el armero a que era capaz de quitarle, a la *hermosa* hija del rudo Torolic (el borracho del pueblo), una lasca de la parte trasera inferior de la coraza sin que ella se diera cuenta. El caso es que no tuvo éxito. Y recibió un golpe tan fuerte por parte de la joven que hizo que las aves cercanas se espantaran presas del pánico y la confusión.

—*Precisamente, hoy las llevo conmigo*—el anciano hurgó en una bolsa que llevaba y sacó unas cuantas piedras.

—*Quedamos en que eran diez, pero no importa. ¿Qué son estos seres que te acompañan? ¿Saben hablar? ¿Son tus exóticas mascotas quizá?*

—*Dicen ser personas humanas. Pensé que tú sabrías más que yo de estos seres.*

— *¿Personas humanas, dices? Umm… ¿Cómo te lo han dicho? ¿Hablan sedonio?*

—*No. Lo curioso es que hablan perfectamente el idioma de los antiguos.*

— *¡Apasionante!* —exclamó el armero—. *Déjame que busque. Creo que tengo un libro que puede ayudarnos en este tema.*

El maestro revoloteó por las estanterías, ojeando libro tras libro. Hasta que al fin dio con el adecuado.

— *¡Ajá! ¡Aquí está!* —bajó en picado, abrió el libro por la mitad y lo puso en la mesa en la que antes se había posado. El libro se llamaba *Mitos y leyendas de la antigüedad*—. *Aquí pone que hace miles de años, antes de que nuestra ciudad fuera próspera y rica, esta isla la poblaban unos seres llamados* **personas humanas**. *Esos animales querían aprovecharse de los beneficios que aporta nuestra seda, así que nos alimentaron y protegieron durante años. Nuestro pueblo vivió en recintos cercanos a sus hogares. Tan bien nos cuidaron, que aprendimos a hablar su idioma. Pronto crecimos y nos desarrollamos, para convertirnos en lo que hoy somos. Seres superiores. Según pone aquí, les debemos muchísimo a las personas humanas. Se podría decir que ellos fueron los padres de nuestra raza.*

La muchedumbre exclamó impresionada. Algunos incluso se arrodillaron ante sus nuevos héroes. Por supuesto los muchachos, al no haber entendido nada, pusieron cara de que el asunto no iba con ellos y siguieron observando con atención.

– *¿Qué más pone?* –preguntó el anciano–. *¿Por qué no he sabido nada de ellos hasta ahora?*

–*Aquí pone… que un buen día simplemente desaparecieron y nosotros nos internamos en el bosque, en busca de un nuevo hogar. Algunos creen que cayeron fulminados por alguna enfermedad. Otros creen que simplemente abandonaron la isla en busca de nuevas tierras. Puede que pasara algo que les impidiera quedarse en esta isla. Aunque eso solo es otra opinión más.*

– *¡Preguntadles a ellos, seguro que tienen la respuesta!* –gritó uno.

– ¡Hola, personas humanas! –dijo el armero. Por fin palabras que podían entender.

– ¡Hola! –respondieron al unísono.

–Pasad, amigos míos. Trataré de ayudaros en todo aquello que necesitéis. Por cierto… ¿Qué necesitáis?

–Hemos prometido al rey que lucharíamos contra los barlocks, así que necesitaremos las armas adecuadas para ello–habló Gregorio.

– ¡Oh! Difícil tarea, sí señor. Pasad adentro y veremos qué podemos hacer– extendió las manos a modo de invitación y luego se dirigió a la estatua–. Breicol, encárgate de que esta gente abandone mi fábrica de inmediato. ¡No quiero a estos gandules por aquí!

Gregorio, Arturo, Benito, el anciano y el armero atravesaron la pequeña puerta, los soldados montaron guardia en ella y la estatua comenzó a echar a la masa fuera de la fábrica.

Dentro, una veintena de sedonios trabajaban en sus mesas. Afanados en su trabajo, ni siquiera se percataron de que eran visitados.

–Pasad y echad un vistazo–dijo el armero–. ¿En qué tipo de armas habíais pensado?

Los muchachos anduvieron por entre las mesas observándolo todo con admiración.

– ¡Yo sé manejar el arco! –contestó, raudo, Benito.

–Yo no soy muy bueno con ellas… pero creo que lo que más me gusta son las lanzas.

– ¡Ya hemos comprobado tu magnifica puntería! –exclamó Benito con cierta ironía.

– ¿Y tú joven? –dijo el armero dirigiéndose a Gregorio–. Eres joven ¿verdad? Lo cierto es que no sé cómo son los humanos viejos. Supongo que iguales.

– ¡Si, si! Soy joven. Pues la verdad es que no sé qué se me da bien. Cuando me capturaron lo más peligroso que tenía era un inofensivo palo.

–Espada entonces…

–Bueno yo…

– ¡Te buscaremos una!

El armero fue a darle instrucciones a su ayudante. Parloteaban los dos en ese idioma extraño para nuestros oídos. Arturo y Benito estaban ya bastante lejos de Gregorio, el cual estaba de pie, absorto. Pensaba en que si le daban una espada de verdad era muy probable que se la acabara hundiendo en su propio pie. Y de repente, de detrás de unas cajas amontonadas rodó un ovillo de seda. La bola se deshizo y serpenteó por la habitación hacia nuestro despistado amigo. Se movió con presteza y sigilo. Llegó a su pierna y trepó con cuidado. Iba ya por la cadera, cuando Gregorio se dio cuenta de que algo no iba bien. Se miró las piernas analizando la situación. La seda se paró en seco, como si lo mirara directamente a los ojos. El chillido agudo que emitió, entonces, fue espectacular (digno de la mejor soprano). Dio un salto hacia atrás cayendo al piso, él y la seda. Ésta se engruñó y corrió a esconderse de nuevo detrás de las cajas. El armero y su ayudante ni se inmutaron ante el gritito, estaban concentrados en su conversación. El anciano, en cambio, tendió la mano al chaval. El cual la aceptó y se puso en pie de un salto. Arturo y Benito corrieron para ver qué pasaba.

—No tengas miedo–dijo el anciano–. Solo es Vórtice, un ser de seda. Algunos habitantes de Craptalia los tienen como mascotas.

— ¿Eso? ¿Una mascota? –Gregorio estaba claramente exaltado.

—Ve y compruébalo tú mismo. No tienes nada que temer.

El chico se acercó con cuidado. Poco a poco pudo distinguir el relieve de un perro acobardado. Cuando estuvo más cerca se dio cuenta de que la forma no era estable, sino que variaba. El ser, realmente, era seda. Seda que cambiaba de forma a voluntad, podía respirar e incluso sentir. Gregorio estiró la mano, el perrillo se encogió más, él acercó aún más la mano y lo acarició con delicadeza. El perro se calmó entonces. Dio una vuelta para intentar morder su propio rabo, jadeó un poco, se sentó y comenzó a mover el rabo.

La imagen era enternecedora. El muchacho, más confiado, volvió a acariciar al animal, el cual lo lamió en la mano con una seca lengua de seda.

— ¡Oh! Veo que habéis conocido a Vórtice–el armero había terminado de hablar con su ayudante y ahora estaba junto a ellos–. Es un encanto. Supongo que os estaréis preguntando qué es en realidad…

—Pues la verdad es que sí. ¡Jamás había visto cosa igual! –dijo Arturo–. ¿Está vivo de verdad?

— ¡Claro que está vivo! ¿No lo ves? –contestó el armero–. Veréis en esta isla existen tres seres vivos superiores a los demás que conviven en cierto equilibrio. Cierto es que estos últimos años los barlocks han intervenido activamente en la disminución del número de sedonios, dan problemas, pero siempre hemos conseguido salir adelante. Otros seres, son los moradores de la montaña, unos animales muy distintos a nosotros, pero que por suerte les gusta más el comercio que la guerra. Ellos nos proporcionan metales y piedras preciosas a cambio de algo de seda.

Un equilibrio. Pues bien, un día, hace muchísimos años, los barlocks asaltaron un campamento de los moradores de la montaña. Robaron todo lo que pudieron y luego huyeron. Uno de los barlocks, se perdió y por casualidad encontró un manantial de un agua muy especial. El color de esta era azul marino y brillaba con fuerza. El barlocks probó el agua. Lo único que notó fue un sabor muy dulce. Llenó una botella de cristal recién robada, la tapó y la guardó en una bolsa de cuero. El brillo del agua era encantador. El ser pasaba las noches admirándolo y cuando oía algún ruido volvía a guardar la botella. No quería que nadie descubriera su secreto, pues se lo robarían y jamás volvería a ver algo tan precioso. Ni siquiera recordaba en donde estaba el manantial. Meses después, los barlocks atacaron nuestra aldea. Saquearon y robaron, como de costumbre. Pero tan mala fue la suerte del portador de la botella, que, en medio de la huida, la bolsa se le cayó, el tapón se soltó y el agua se derramó. Ignorando el instinto de supervivencia, el ser paró y se arrodilló ante el agua, la cual se filtraba con rapidez, para intentar rescatar lo máximo posible. Lo que pasó después fue mágico y aun ahora, después de tantos años, seguimos sin entender completamente, por qué nuestra seda al mezclarse con esa agua cobra vida. La seda burbujeó y se estremeció. El barlocks se asustó e intentó huir, pero fue demasiado tarde. La seda se elevó en el aire, los múltiples látigos chasquearon, el ladrón fue apresado por la seda, la cual lo estranguló con fuerza hasta que su corazón dejó de latir. Nosotros, los sedonios, lo vimos todo. Investigamos durante años sobre ese manantial, y descubrimos su paradero. Hoy en día usamos este conocimiento en muchísimas áreas. Pero la que más os debe preocupar a vosotros es la de la creación de armas. Mi ayudante y yo hemos diseñado unas, acorde con vuestras peticiones. Las fabricaremos sin más demora y os avisaremos cuando estén preparadas.

—De acuerdo, maestro armero. ¡Gracias por tu tiempo! —dijo el anciano—. Cuando nos avises, volveremos a por ellas. ¡Vosotros! —dirigiéndose a los muchachos—. Nos vamos a buscar un lugar en donde podáis pasar la noche. ¡Seguidme!

En la calle aún se aglomeraban los sedonios. Los señalaban, murmuraban e incluso alguno, se acercaba a olerlos. Este día se estaba convirtiendo en un gran evento para ellos. Los niños correteaban de un lado para otro, algunos religiosos gritaban que el fin estaba pronto, las mujeres de los soldados aplaudían mientras cantaban y, oculto entre patas marrones y patas verdes, el pequeño Vórtice los seguía de cerca.

— ¡Aquí estamos!

Era una bola blanca de seda, bastante más pequeña que la fábrica de armas. Cuando entraron pudieron ver lo que serían sus camas durante esa noche. En el centro había una mesa llena de comida y varias jarras de licor de miel.

— ¡Adelante, pasad! –continuó el anciano–. El maestro armero trabaja rápido, seguramente mañana tendrá las armas preparadas. Cuando eso ocurra, pasaré a buscaros. Hasta entonces los dos soldados montaran guardia en vuestra entrada para evitar… *problemas*–ese *"problemas"* sonó algo enigmático. En los libros ponía que los humanos son omnívoros, así que espero que os guste lo que os han preparado.

— ¡Gracias! Te esperaremos aquí, como tú dices–el anciano emitió un sonido seco y se fue. Los muchachos se sentaron en la mesa repleta de comida. Arturo sostenía un muslo enorme de pollo con una mano y una jarra con la otra. Engullía y tragaba como un poseso.

Mientras su amigo devoraba sin compasión, Gregorio y Benito se miraron a los ojos con empatía. Algo que solo pasa entre personas que pasan mucho tiempo juntas. Era como si no tuvieran que abrir la boca para entender lo que querían decir, pero aun así lo decían.

— ¿Cómo hemos llegado a esta situación Gregorio?

— ¡Yo me tenía que haber quedado en Isla Verina con Marcela!

–Preferirías habernos dejado solos en esta situación–Arturo dejó de tragar un momento para ver que contestaba Gregorio.

— ¡No! Eso tampoco es así… –volvió a engullir–. Pero si es verdad que quiero volver a casa.

—Yo también, amigo mío, yo también. ¡Luchar contra seres desconocidos…! ¡Nos están preparando armas…! ¡Y nos consideran sus héroes! ¿Estás preparado para todo esto? Yo siento que me viene un poco grande. Pero a la vez creo que tenemos la responsabilidad de ayudar a esta gente.

—Bueno, eso de gente…

—¡Tú me entiendes!

—Sí. Lo cierto es que el calor que nos dan estos seres te da fuerzas. Estamos acostumbrados a ser unos expertos don nadie. Pero solo somos marineros, Benito.

—Lo sé, lo sé. ¿Piensas luchar? ¿O nos escabulliremos en cuanto nos suelten para no volver jamás?

—Creo que esa decisión debemos tomarla juntos. Los sedonios están menguando en número por culpa de los barlocks y pronto estarán extinguidos si no hacemos algo para evitarlo. Por otro lado, es posible que nos hieran o nos maten. No sé cómo serán esos seres, pero si los sedonios no pueden con ellos, deben ser bastante fuertes.

—¿Tú que dices Arturo?

—Yo digo que mientras haya comida yo voy a donde sea.

—Ya lo has oído, Gregorio. ¡La decisión está en tus manos!

—Bueno, tengo que pensarlo. Quiero ayudar a estos seres para que nos arreglen el barco, pero no podría soportar que por mi culpa os pasara algo malo.

—Déjalo por ahora, comamos y ya nos dirás que has decidido. Nosotros iremos a donde tú digas— Benito le pasó un plato con comida a Gregorio, el cual seguía pensativo. Comieron y se fueron a las mullidas camas. Aún era pronto, pero no tenían nada mejor que hacer y lo cierto es que estaban exhaustos.

A Gregorio le costó conciliar el sueño. Sus pensamientos lo atormentaban en gran medida. Pasaron horas hasta que finalmente cerró los ojos, se giró hacia la derecha y quedó inconsciente.

La habitación en donde dormían tenía unas pequeñas ventanas redondas. Pues bien, el pequeño Vórtice saltó a una caja, después a una rama de un árbol. Más tarde tomó forma de una cometa para que el viento le acercara a la venta. Entró, bajó, se deslizó por debajo de la cama y finalmente dio un pequeño salto para subir y poder acorrucarse a los pies de un Gregorio ya dormido. Bostezó, se rascó la cabeza con la pata de atrás y por último cerró sus simulados ojos.

Capítulo 5

Al alba Vórtice se despertó. Dio dos pasos, se estiró, bajó de la cama y salió por la puerta. Gregorio soltó un ronquido y se giró para el otro lado.

Una hora más tarde, el anciano llegó al lugar en donde pasaron la noche los muchachos. Los dos guardias estaban durmiendo en la entrada. Los despertó de una patada y entró. Gregorio ya estaba despierto, estaba sentado en su cama mirando a las musarañas. Cuando vio al anciano se levantó de un salto y fue a despertar a los demás.

Arturo se resistió un poco. Puede que se pasara con el licor de miel la noche anterior, pero al rato estuvo también en pie y medianamente despejado.

—El maestro armero ya ha terminado vuestras armas— dijo—. Terminad de prepararos, desayudad si tenéis hambre y luego los soldados os acompañarán (escoltarán) hasta la fábrica de armas. Os espero allí. ¡No tardéis!

Se giró y se fue por donde vino. Los jóvenes estaban ridículamente rígidos. Parecían respetar mucho al anciano. No era como la mayoría de los sedonios, tan excitados y dispersos. El anciano siempre hablaba con una voz grabe y pausada, y su mirada, aunque era la de un insecto, transmitía serenidad y pulcritud. Quizá les recordaba a esa figura paterna que tanta falta les había hecho en su niñez. Aunque estaba el viejo Fermín, pero era un hombre duro de corazón y jamás pudo dar grandes dosis de cariño. Tampoco digo que el anciano sedonio fuera la alegría de la huerta, pero infundía respeto con facilidad. Al fin y al cabo, era el sabio de un pueblo de seres extraordinarios y...

Me estoy desviando del tema... continuemos.

Gregorio, Benito y Arturo llegaron a la Fábrica de armas en donde los estaban esperando el anciano y el maestro armero.

– ¡Bien! ¡Ya están aquí! –el armero se acercó a ellos volando y los miró de cerca a través de sus ridículas gafas–. ¿Son estos, anciano?

– ¡Estos son! ¿No los recuerdas de ayer?

–Sí, pero los recordaba más pequeños. ¡Son enormes!

– ¡Ayer estabas más lejos!

– ¡Será eso! ¡Ja! –los dos sedonios intercambiaron unas risitas socarronas–. Bueno, basta de bromas.

– ¿Era eso una broma? –le susurró Arturo a Benito.

– ¡Shh! –Benito estaba nervioso. Quería que le dieran ya su arco.

–Pasad por aquí, tengo las armas guardadas en un baúl de esta otra sala. Primero vamos con el humano de la lanza. ¿Cuál era?

– ¡Yo! –Arturo dio un paso adelante. El armero asintió y voló hasta el baúl. Lo abrió y sacó una enorme lanza de punta plateada.

–Esta lanza esta echa con el mejor de nuestros metales. Su punta puede atravesar hasta el más duro de los escudos. La parte central está recubierta de nuestra seda azul. La misma que recubre este escudo–el armero sacó un enorme escudo triangular–. Las propiedades de este material son muy especiales. Hace años dimos con la clave para fabricarla y aquí la tenemos hoy.

– ¿Cuáles son esas cualidades? –preguntó Benito.

– ¿Qué? ¡Ah, sí! Una de las cualidades de esta seda, además de su color vivo, es que es capaz de repeler cualquier impacto, por fuerte que sea. Hemos probado a lanzarle flechas, lanzas, piedras e incluso a un gordo que trabaja aquí. Todo lo ha rechazado con el triple de fuerza.

– ¿Habéis probado con disparos? –Benito con tonito de listillo de la clase.

– ¿Disparos de qué?

– ¡De balas…!

– ¿Qué dicen, anciano? ¡Creo que nos estamos perdiendo algo en la traducción!

– ¿Qué son balas, humano? –preguntó el anciano con preocupación. No quería ni pensar que hubiera algo en el mundo que él no conociera y que fuera capaz de atravesar tan espléndido escudo.

–Las balas son…– Benito miró a ambos sedonios–. Nada, era… una broma.

– ¿Una broma? ¡Jajajaja! Claro… ¿Qué podría atravesar este escudo? –el armero continuó revolviendo las cosas en su baúl–. Aquí tenemos la segunda arma, el arco.

A Benito casi se le salen los ojos de las órbitas. La madera estaba perfectamente tallada. Si te detenías a contemplarla podías ver miles de animales desconocidos para ellos. Tantos había que era tedioso contarlos a todos.

–Este diseño de arco–continuó el armero– es el que fabricamos en las ocasiones especiales. Se dice que están tallados todos los animales que en algún momento de la historia han muerto por culpa de una flecha sedonia. Solemos incentivar a los sedonios dueños de este tipo de arcos a que descubran y abatan un ejemplar de una nueva especie, para tallarlo en arcos futuros. Quizá tú tengas suerte, Humano–Benito sostenía el arco en sus manos. Él no solo contó los animales, sino que también se interesó por saber los nombres de todos ellos–. La seda que liga los dos extremos es una seda roja. Este tipo de material es parecido a la azul. Absorbe la fuerza y la triplica, pero además impregna las flechas de la sustancia roja que las caracteriza. Esto hace que las flechas brillen, marcando el camino por el que pasan e incluso, si se las empapa lo suficiente, pueden llegar a ser explosivas. Y, por último, la espada– el armero rebuscó, la sacó del baúl y se la entregó a Gregorio–. Espero que la cuides bien.

El metal era reluciente y estaba grabado en unas letras que ninguno de los humanos conocía. El mango de la empuñadura estaba envuelto en seda blanca. Los extremos, de ésta, caían medio metro. Gregorio la miró y se extrañó. Su espada parecía ser mucho más simple que las armas de sus compañeros. Simplemente era un metal con una seda atada y ni siquiera brillaba. Luego levantó la vista y vio como lo miraba el armero con expectación.

–Gra… Gracias–dijo, simulando una sonrisa de aprobación.

–Pero… ¿a qué esperas? ¡Pruébala!

– ¿Que la pruebe? –repitió el marinero.

– ¡Maestro…! –llamó el anciano con un tono cansado.

– ¿Qué pasa? –preguntó el armero.

– ¡Qué no le has dicho lo que hace!

– ¡Oh, sí! ¡Qué cabeza la mía! Esta seda es la seda verde.

– ¡Es blanca! –dijo Arturo.

– ¡Es verde! Su poder se basa en la voluntad. Lee los deseos se su portados y los obedece. ¿Para qué sirve esto? Pues para atrapar a los enemigos y acercarlos al filo de la espada, o apartar una flecha, o lo que se te ocurra en general. Los soldados que han llevado estas espadas han acabado sintiendo que era una exención de su cuerpo. Es realmente útil. Mira, te haré una demostración.

El armero cogió la espada. Segundos después, la seda comenzó a volverse de un color verde oscuro. Las puntas comenzaron a moverse de un lado para otro. Danzaron unos segundos, uno de los extremos le tocó la cabeza al anciano y después volvieron a quedar inertes y de color blanco.

— ¿Ves? —dijo cuándo se la devolvía a Gregorio—. Ahora tú.

El chico agarró la espada con fuerza y la levantó. Incrédulo, deseó que las puntas de seda se movieran. Pero nada pasó. Cerró los ojos y lo deseó con aún más fuerza, pero siguió sin pasar nada. Desilusionado, bajó la espada.

— ¿Qué pasa? ¿Por qué crees que no ha funcionado, anciano? —dijo el armero arrebatando el arma a Gregorio para examinarla de cerca—. ¿Puede que la seda esté defectuosa?

— ¡No lo sé! A lo mejor esta seda no funciona con humanos.

—La otra funcionó. Esta tiene que hacerlo también.

—Pues no lo sé. Responde a la voluntad ¿verdad? —el armero asintió—. Pues puede que éste humano no posea la voluntad suficiente.

— ¡Ah! —el armero miró a Gregorio, luego a la espada, chistó con la lengua, acarició la espada con su dedo pulgar y luego volvió a hablar—. Puede que tengamos otra cosa para ti. Te traeré algo más… acorde.

El armero dio media vuelta e iba a irse cuando Gregorio dio un paso adelante.

— ¡Espera! —dijo—. Dadme una oportunidad. Esa espada y yo no nos entendemos aun, pero seguro que consigo que funcione. Solo necesito tiempo.

El armero, contento por poder hacer la entrega por la que había trabajado tanto, pero algo desconfiado, le devolvió el arma al muchacho.

— ¡Confío en ti! —dijo en tono paternal.

—Armero, saca la ropa del baúl–dijo el anciano–. Bueno, las costureras del pueblo os han tejido unos ropajes para ayudaros a camuflaros entre los árboles. Lo cierto es que no se ponían de acuerdo en que tipo de ropas os valían así que hicieron varias. Buscad y poneos lo que os valga.

Hay que decir que, entre las prendas, había alguna con tres mangas o eran ridículamente pequeñas, incluso había una que ni siquiera lograron descubrir en que parte del cuerpo pretendían que se lo pusieran.

– ¡Creo que ya lo tenemos todo! –dijo Gregorio–. ¿Dónde podemos…?

– ¿A qué esperáis? ¡Cambiaros! –soltó el armero.

– ¿Aquí? Pero…– dijo Arturo tímidamente.

—Déjalo, Arturo. Son de otra especie… es como si tú ves a un perro desnudo. No se van a fijar.

—Bueno, si tú lo dices– los muchachos comenzaron a desnudase allí mismo. En realidad, los sedonios no habían visto a unos humanos tan de cerca desde hacía milenios así que tenían cierta curiosidad por saber que había debajo de sus indumentarias.

—*Anciano… ¿Qué son esas cosas redondas que tienen en el pecho?* – susurró el armero en el idioma de los hijos de la seda.

– *¡Ni idea!*

– *¿Y eso que les cuelga?*

– *¡No lo sé! ¡Estos humanos son rarísimos!*

—*A ese de ahí le tiene que pesar mucho. Pero al de al lado seguro que ni le molesta. ¡Menos mal! Tendremos que buscar más información sobre ellos en los libros antiguos.*

– *¡Ya están terminando! Parece que les queda bien…*–el anciano, a continuación, se dirigió a los muchachos–. ¿Qué tal os va?

– ¡Perfecto! –dijo Benito con una sonrisa de oreja a oreja. Los conjuntos constaban de botas de cuero, pantalones, camisa, guantes y una capa. Todo era de color verde oliva. Eran prendas suaves y cálidas. Mucho mejor que los harapos que solían vestir normalmente.

–Bueno, pues entonces ya hemos acabado aquí. ¡Despediros! – los muchachos prodigaron fuertes estrechones de manos y palmaditas en la espalda a todos los presentes. Los sedonios se solían despedir con un ruidito seco así que se quedaron un tanto extrañados. Pero les gustó tanto el calor que se transmitía con el contacto, que adoptaron esa costumbre como suya. Es curioso, pero es verdad. Si algún día te adentras en alguna selva y te encuentras con una ciudad de sedonios, probablemente te darán un buen apretón de manos y un abrazo. Aunque no descartes que después, debido al odio que han desarrollado hacia nuestra especia por la tala indiscriminada de árboles, te encarcelen de por vida. Creo que me he vuelto a desviar, continuemos.

– ¿Ahora a dónde iremos? –Preguntó Arturo cuando salían de la fábrica de armas.

–Primero pasaremos por la casa de una vecina. Nos tiene preparada comida para el viaje.

– ¿Viaje? –preguntó Gregorio, temiendo que la acción estuviera más cerca de lo que él pensaba.

– ¡Sí! Iremos a un pueblo cercano. Allí está Beothor. Es el líder de nuestro pequeño ejército. Él os adiestrará. Os enseñará a usar vuestras armas, aprenderéis todo sobre los barlocks y mucho más. Es un largo viaje hasta Candela (el pueblo vecino). Si viajamos deprisa, llagaremos a la noche. Iremos por los caminos de la seda. Y una vez allí os quedaréis en el centro militar. Yo me volveré a Craptalia, al día siguiente.

– ¿Te volverás? ¿No te quedas con nosotros? –era extraño, pero Gregorio se entristeció al escuchar que los dejaría solos. A los demás no pareció importarles tanto, pero sin duda era un palo. A partir de mañana, tendrían que estar sin el sedonio que mejor los había tratado desde que fueron capturados.

– ¡Tengo asuntos que resolver aquí! Cuando os deje en Candela habrán terminado mis obligaciones con respecto a este asunto. Paso el relevo a Beothor, y espero de todo corazón que tengáis éxito en la misión que os ha encomendado el rey.

– ¿Y ya está? –preguntó Gregorio.

– ¿Qué más quieres?

–Pss… nada, nada–Gregorio bajó la cabeza y pateó una piedra imaginaria. Realmente le fastidiaba que el anciano los dejara, pero en el fondo lo entendía.

Caminaron en silencio por las calles de la ciudad. En alguna ocasión, a Gregorio, le pareció ver al pequeño Vórtice entre el gentío (o mejor dicho *bicherío*), pero una vez llegaron a la casa en donde vivía la sedonia que les había preparado la comida, no lo volvió a ver. Al menos, ese día.

Salieron de la casa y comenzaron el largo camino. Cargaban con las armas y la comida. Pararon de vez en cuando a descansar y comer algo. Aunque caminar por esos senderos era extrañamente cómodo, la distancia era larga y los muchachos no estaban acostumbrados. A Benito le salieron unas ampollas muy feas en los pies y Arturo no hacía más que refunfuñar y quejarse de cuánto pesaba su escudo.

– ¡Está anocheciendo! –dijo el anciano después de pararse en seco–. Aún queda un trecho bastante largo, creo que es mejor que pasemos la noche aquí. Continuaremos al alba.

– ¿Pasar la noche aquí? –preguntó Benito–. ¿No nos caeremos de los árboles? Este sitio no parece muy estable.

–Cierto, tal vez podríamos apurar un poco la marcha y llegar hoy. Yo no tengo mucho sueño– sugirió Arturo.

– ¡No! Estos caminos son peligrosos cuando cae la noche. Acamparemos cerca y procuraremos pasar desapercibidos.

El anciano abrió su bolsa. De ella, sacó la punta de un hilo de seda, susurró unas palabras y el hilo comenzó a moverse. Se adhirió a un árbol próximo y comenzó a entrecruzarse para tejer un nuevo sendero.

— ¡Seguidme!

Todos anduvieron por la nueva senda en fila india. Y cuando el último de ellos levantaba su pie más atrasado, para dar un nuevo paso, la seda se deshacía y volvía delante del anciano. De este modo llegaron hasta un lugar apartado. Entonces, la tela se estiró y creó cuatro camas y un techo.

— ¡Impresionante! —dijo Gregorio en tono de admiración.

—Elegid una. Yo me quedo en esta, que es la más baja. Ya soy viejo y me dolerían las rodillas si tuviera que subir hasta esas de ahí.

Se acomodaron y colocaron sus cosas. Probaron la solidez de la cama y dejaron pasar el tiempo.

— ¡Benito! ¿Estás despierto? —a esas alturas, Arturo ya roncaba como un jabalí y el anciano estaba acurrucado en posición fetal (o más bien posición *larval*).

— ¿Qué pasa, Gregorio? —susurró un Benito somnoliento.

— ¿No te parece increíble todo esto?

— ¿A qué te refieres?

—A todo en general. Estos seres llevan viviendo aquí durante muchísimos años y ni siquiera habíamos oído hablar de ellos. Y ya has visto lo mágica que es su seda. Todo esto es impresionante.

—Umm…

— ¿Benito?

— ¿Qué? ¡Tengo sueño, Gregorio!

– ¿Qué te parece lo que dije?

–No sé… supongo que si ellos fueran a Isla Verina también verían cosas que les parecerían mágicas. Sin ir más lejos, los sedonios no sabían que era un barco. Simplemente es algo nuevo para nosotros.

– ¡Es verdad!

La luna llena reinaba en el cielo. La oscuridad no era tan turbia como de costumbre y Gregorio conseguía ver con claridad. Se puso a otear el suelo en busca de algo interesante, cual lechuza hambrienta.

Entonces lo vio. Una irisada y ululante luz azul se movía allá abajo.

– ¿Benito? ¡Benito, mira! –era inútil, su amigo estaba ya en el quinto sueño–. ¿Qué será eso? –susurró para sus adentros.

La luz seguía allí, danzando. ¡Tan provocadora! ¡Tan atrayente! Abandonar el campamento era peligroso. Las palabras del anciano le taladraban la cabeza. *¡No! Estos caminos son peligrosos cuando cae la noche.* Pero si no hacía algo pronto, la luz se desvanecería y habría perdido la oportunidad de saber qué era eso tan bello. Sin pensarlo más agarró su espada y se colgó la bolsa a la espalda. Se agarró al árbol de la derecha y comenzó a bajar con cuidado.

Estando ya en el suelo, miró a su alrededor… aún estaba ahí. Caminó en silencio sin dejar de mirar la luz. Poco después se dio cuenta de que la luz se movía. Avanzó más y pudo ver que la emitía algún tipo de animal. Cuando estuvo más cerca se dio cuenta de que el animal era parecido a una cabra. Y a una distancia prudentemente cercana, se paró y observó. Junto al animal había una montaña de fruta variada. Antes de continuar quiero hablaros un poco del ser luminoso que encontró Gregorio.

Los sedonios, en su lengua, los llaman lágrimas de la noche. Si lo tradujéramos fonéticamente, su nombre vendría a ser *clucier*. Ciertamente son parecidos a cabras, su pelaje es muy largo y sedoso. Además, tienen unos cuernos preciosos, suelen variar considerablemente de tamaño entre ejemplares, pero suelen ser algo más grandes que el animal. Se alimentan de fruta y plantas. Es un ser inofensivo y su mayor utilidad dentro del bosque es esparcir semillas entre sus excrementos.

Algunos creen que el motivo por el que brillan tanto en la oscuridad es porque suelen beber agua azul del manantial mágico.

Como iba diciendo, el *clucier* iba directo hacia la montaña de fruta. Gregorio se escondió detrás de un árbol para poder observar en silencio.

El animal se inclinó para coger una manzana. De repente, una cuerda salió disparada desde la montaña de comida, rodeando el cuello expuesto del *clucier*. Tiró de él y lo levantó en el aire.

Gregorio dio un salto hacia atrás y calló de culo en el suelo. El animal convulsionaba por el dolor, agonizaba lentamente y sin remedio. El muchacho hizo un ademán de ir a ayudarlo sin pensar en que esa trampa la tenía que haber puesto alguien y que quizá no estuviera muy lejos del lugar.

Pero entonces lo vio. De entre las sombras surgió un ser horrible. No era muy grande, tenía el cuerpo recubierto de pelo, usaba trapos de seda andrajosos. Tenía grandes orejas, las cejas pobladas, numerosas cicatrices en la cara y enormes colmillos. Recordaba a un homo habilis, sucio y enfadado.

Él ser se acercó a su presa y hundió un cuchillo en su pecho. El animal exhaló sus últimos segundos de vida y poco a poco dejó de brillar hasta quedar en la palidez más absoluta.

Gregorio, que se había quedado congelado a medio camino de levantarse, sintió como el peso de un yunque le caía en el corazón. Se desplomó en el suelo y se miró las manos, culpándolas de no haber evitado ese crimen tan vil.

Os dije que el ser tenía las orejas grandes ¿verdad? Pues resulta que escuchó perfectamente cómo el humano caía derrotado a pocos metros. Miró hacia la dirección de la que provenía el sonido y tras unos segundos, comenzó a correr.

Gregorio, alarmado, se puso en pie de un salto. Se dio la vuelta y sin mirar atrás corrió de regreso al campamento. Gritaba con todas sus fuerzas y pedía ayuda. Realmente no se acordaba bien de por donde era así que, además de perseguido, se sintió perdido y solo.

Vio unas raíces de un árbol que le parecieron familiares. Saltó y se ocultó detrás de ellas. Tenía el corazón disparado y su respiración lo delataba. Trató de tranquilizarse. Luego se armó de valor, se giró, levantó la cabeza por encima de las raíces y buscó a ese monstruo. Nada, oscuridad y nada más.

Se tranquilizó. Seguro que lo había despistado, o incluso, puede que ni lo siguiera. Lo cierto es que corrió sin mirar atrás. Puede que fuera un ser pacífico y que no quisiera problemas. Sí, eso, seguro que lo asustó y corrió en otra dirección.

Pues no, cuando se dio la vuelta, lo vio detrás de él con el cuchillo en alto y a punto de darle una cuchillada mortal.

No voy a mencionar lo agudo del grito que profirió Gregorio, pero si hablaré de los decibelios que llegó a alcanzar. Hoy en día lo habrían multado por contaminación acústica.

La bestia se lanzó sobre el muchacho, el cual tuvo los suficientes reflejos como para salir rodando hacia la derecha. Se levantó como pudo y miró a la cara a su atacante. Se dio cuenta de que, en mitad del giro, se le resbaló la bolsa con la comida. Estaba detrás del asaltante. Pensó que eso era de poca importancia en esos momentos. Por suerte, su espada seguía con él. La desenvainó, la sostuvo en alto y deseó con todas sus fuerzas que saliera volando y matara al monstruo. Su contrincante dio un paso atrás, asustado. Unos segundos después, nada pasó. Gregorio, desconcertado, apuntó con el arma al ser.

– ¡No te muevas! –dijo Gregorio–. ¡O te mataré!

—No, si yo te mato primero—dijo el monstruo con un acento extraño y aterrador.

— ¿Sabes hablar? Pues escúchame bien, si das un paso más acabaré contigo.

— ¡Esas van a ser tus últimas palabras! —dijo el animal, sin creerse el farol de Gregorio. Entonces, sin decir nada más, levantó el cuchillo y corrió hacia el muchacho.

El joven, presa del pánico, cerró los ojos. Esperó a que llegara la estocada mortal. Pero no llegó. Abrió los ojos y vio como un hilo de seda que salía de la bolsa, había agarrado al monstruo por el brazo del cuchillo. Segundos después le agarró también del otro brazo, levantándolo en el aire y dejándolo completamente expuesto. Con fuerzas renovadas, Gregorio miró al ser a la cara.

— ¿Si te suelto te iras por dónde has venido y me dejaras en paz?

— ¿Qué? ¡Jajajaja! —con ese acento raro—. ¿El niño no es capaz de matarme? Si me sueltas me voy a hacer una sopa con tu cabeza y si no lo haces… también. Primero cortaré esa seda y luego tu cuello. ¿Qué pasa? ¿Tienes miedo? ¡Huye ahora y puede que no te haga nada! Aunque no te lo prometo. Yo…

— ¡Basta! Estas serán tus últimas palabras— hundió, entonces, su espada inmaculada en el pecho del monstruo. La muerte fue rápida, el corte limpio. Se desangró en cuestión de segundos.

La seda soltó el cuerpo inerte en el piso. Gregorio se derrumbó. Cayó de rodillas y ahora se miró las manos pensado en que no lo tenía que haber hecho. El *clucier* era un ser precioso y el monstruo era eso mismo, un monstruo. Pero matar seres vivos no era su estilo y menos cuando pueden hablar y pensar. Eso los hacía más… humanos. También es verdad que su trabajo era matar animales marinos, pero eso tampoco le había gustado nunca. Lo que a él le gustaba era navegar. Descubrir nuevos lugares y pasar los días junto al mar.

Bueno, sigamos. Gregorio reaccionó. Pensó en la seda que salió de su bolso, así que fue a mirar. Con cautela, agarró la bolsa y la viró dejando caer el contenido al suelo. Imaginad su sorpresa, cuando, además de comida y bebida, apareció el pequeño Vórtice moviendo la cola y lamiéndole las pantorrillas.

– ¡Vórtice! –exclamó–. ¿Fuiste tú quién me salvó de ese monstruo? –la seda con forma de perro asintió, se sentó y comenzó a jadear–. ¡Bribón! ¡Ven aquí, que te dé un abrazo! –Gregorio le rascó la tripa, luego lo abrazó y por último lo subió a sus hombros–. A saber cómo encontramos ahora el campamento– justo después de decir eso pudieron ver una luz roja subiendo en el cielo.

Al parecer, Arturo, se despertó al escuchar el agudo grito de una niña pequeña. Se dio cuenta de que Gregorio no estaba, así que despertó al anciano y a Benito. A este último se le ocurrió la idea de usar unas sus flechas, impregnadas en la sustancia roja de la seda de su arco, para hacerle señales a Gregorio. Así fue como el muchacho pudo volver al campamento sin tener más aventuras inesperadas.

Una vez arriba y a salvo, contó todo lo sucedido, haciendo un gran hincapié en la parte de su nuevo amigo el polizón.

–Ese monstruo que describes tiene toda la pinta de ser un barlock.

– ¿Eso es un barlock? –a Gregorio le aterraba la idea de tener que matar más seres de esos.

– ¡Sí, suerte que estaba Vórtice contigo! Bueno espero que a partir de ahora me hagáis caso cuando digo cuidado o que no hagáis tal cosa. Por suerte todo ha salido bien. Lo cierto es que me hubiera preocupado que un único barlock acabara con la vida de uno de los héroes de Craptalia, aunque aún no hayáis recibido el adiestramiento.

– ¿Te hubieras preocupado? –reprochó Benito en un tono irónico.

– ¡Creo que no me he expresado bien! Es muy tarde y el sueño me nubla los sentidos. Vayámonos a dormir. Mañana seguiremos hablando de camino a Candela.

A Gregorio le costó conciliar el sueño. Su primera aventura se había presentado ante él de repente. Se sentía vivo por dentro y muy emocionado, a la vez que aterrado y conmocionado por haber matado al barlock. Pero, sobre todo, tenía ganas de volver a casa con Marcela. Había algo aún pendiente con ella y eso no se le olvidaría fácilmente. La echaba de menos.

Finalmente, cerró los ojos. De la bolsa de comida salió vórtice, se sacudió la cabeza, fue hasta la cama de su amigo, subió de un salto, le pisó suavemente la cara y el pecho, dio dos vueltas cerca de la barriga, se acurrucó y, por fin, quedó también dormido.

Capítulo 6

La ciudad de Candela fue diseñada, en un principio, como una base militar. Poco a poco, los habitantes llegaron buscando protección. Fabricaron sus casas lo más cerca posible del cuartel. Se podría decir que es el centro de la ciudad. La pomposidad de la corte no se estilaba por este lugar. Y los muchachos no tardaron en darse cuenta cuando llegaron.

Cuando el anciano encontró a Beothor no dijo nada. Hizo un movimiento con la cabeza y los muchachos avanzaron hacia su nuevo tutor. A Gregorio le vino a la memoria el día en que su padre lo llevó al muelle para que embarcara con Fermín. Jamás volvió a ver a su familia y no sabía si volvería a ver a ese ser, pero una cosa sí que estaba clara, al joven le dolió que el sedonio no se girara para decir *¡Adiós, buena suerte!*

En Candela, los días pasaron rápidos y fueron monótonos. Desde el alba hasta el ocaso, entrenaban en la arena y por las noches dormían en los barracones. Usaban títeres con forma de barlocks y practicaban los usos que podían dar a sus armas. A Gregorio le costaba muchísimo usar su espada. Benito juraba que uno de los días vio como la seda de la espada se iluminó un poco y se movió. Pero Gregorio pensó que lo decía para animarlo. Y así fue. Lo cierto es que esa espada no era lo que mejor le iba a él, no lograban entenderse el uno con el otro y la gente comenzaba a murmurar.

¿Ese, un héroe? ¡Ni siquiera sabe usar una espada!, ¡Yo creo que a este chico le viene todo esto un poco grande!, ¡Yo seguro que lo haría mejor que él!, ¡Pues ve

tú en vez de él!, ¡No, mejor dejémoslo a ver qué hace!, ¡El ridículo, eso es lo que va a hacer!

Esas palabras de desánimo no las entendía Gregorio, pero ni falta que hacía. Él sabía perfectamente que ya debería haber conseguido hacer, al menos, que la seda cogiera color. Algunos días se levantaba decidido a pedir que le fabricaran otra arma diferente, una que fuera más fácil de usar. Pero se negaba a tirar la toalla. Puede que fuera a la guerra y lo mataran, pero al menos lo intentaría.

– ¿Te estás oyendo? –Preguntaba Benito alarmado. Estaban en los barracones, preparándose para dormir.

–Es que… no sé. Esta espada no me quiere hacer caso. Le digo, muévete… y nada.

– ¡Te juro que yo vi que la seda se ponía un poco verde aquel día!

– ¡Déjalo ya, Benito! Los dos sabemos que no cambió ni un poco. No sé qué voy a hacer.

–Tú sigue intentándolo, seguro que antes de que acabe la instrucción consigues mejores resultados. Aún quedan un par de semanas.

–Eso espero.

Los días pasaron y las semanas con ellos, pero nada logró el pobre Gregorio. Decepcionado consigo mismo y algo avergonzado por la opinión de los demás acudió, junto a sus amigos, a la asignación de los sectores.

La isla era inmensa, se dividía en cuarenta sectores y la mayoría estaban plagados de barlocks. En el último día de instrucción se les asignaba un número de sector. Mientras estuvieran de servicio los soldados tendrían que estar en su sector controlados por un malaquensi (un soldado de rango mayor que solo se encarga de vigilar que cada soldado cumpla con su obligación). Había zonas seguras, como las ciudades, y áreas hostiles. En los sectores entre el veinte y el treinta, además del malaquensi estaba el totoroto (el jefe de expediciones), que busca e intenta limpiar las zonas de barlocks, con la ayuda de sus hombres, siempre desde la seguridad de los árboles y sin correr demasiado peligro.

Beothor estaba en frente, subido en una tarima. Unos cincuenta soldados estaban delante de él escuchando con atención.

—*Wilifro, al veintitrés. Yonofre, al doce. Gogo, al diecinueve…*

Un sedonio, cercano a Gregorio, murmuraba algo nerviosamente. Agudizando su oído, el joven pudo oír:

—Al veinticuatro no, al veinticuatro no.

Siguieron sonando nombres y, poco a poco, cada uno quedaba ubicado. Ya casi terminando, el sedonio cercano a Gregorio pudo respirar tranquilo al escuchar:

—*Tukati, al cinco.*

Y, por último, ya solo quedaron tres nombres por sonar.

—Y por supuesto a, nuestros nuevos héroes, los humanos se les enviará al sector veinticuatro. Damos por concluida esta reunión. Felicidades y suerte.

Beothor se bajó de la tarima y se fue sin más. La gran mayoría de los sedonios se felicitaban con mayor o menor alegría. Algunos querían acción y otros, seguridad. No todos fueron complacidos esa tarde, sobre todo los tres humanos.

— ¿Seguro que ese es el peor de los sectores? —preguntaba Arturo.

—Sí. El pobre sedonio estaba deseando que no le tocara.

—Pues… genial— dijo Benito con su ya más que usual tono irónico.

— ¿Cuándo dijeron que nos íbamos? —preguntó Arturo.

—Creo que mañana al mediodía. Dicen que tenemos que subir a lo alto de la montaña y luego tomar un transporte.

– ¿Qué clase de transporte? –preguntó Gregorio con una ceja levantada.

– ¡Ni idea!

—Pues vayámonos de aquí entonces. Comamos algo y a descansar, que si hay que subir la montaña…

– ¡Eso, eso! ¡Vamos a comer algo! –saltó Arturo dando unas palmaditas en las espaldas de sus amigos– ¡Que aún estoy creciendo!

– ¡Sí, hacia los lados…! ¡Intentemos pasar por ahí, que veo un hueco!

A esas alturas ya estaban más que acostumbrados a la presencia del pequeño Vórtice. Solía esconderse en la bolsa de Gregorio, saliendo solo cuando nadie desconocido andaba cerca. Jugaba con los muchachos y no perdía la costumbre de dormir con su amigo.

– ¿Has encontrado algo que le guste comer? –preguntaba Benito al día siguiente mientras subían por los senderos de seda hacia lo alto de la montaña.

—Pues no. He probado con carne, verduras, pan y un poco de pescado. Nada parece gustarle. Ni siquiera sé si puede comer.

– ¿Qué no quiere comer? –preguntó Arturo alarmado.

—Sí, no creo que pueda. No tiene sistema digestivo. ¡Ya sabes! Es solo seda, seda mágica.

– ¡Pobre animalillo!

Tardaron tres días con sus tres noches en llegar a la cima de la montaña. Los recibió un ser hasta ahora desconocido para ellos. Se trataba de un morador de la montaña. Era un mamífero pequeño, peludo y cabezón, tenía unas orejas enormes y caídas, una gran boca de dientes afilados y amarillos y unas extremidades pequeñas y filudas. Una peculiaridad de esta especie es que carecen de ojos. Usan un complejo sistema de ultrasonidos para orientarse, lo cual hace que sea un poco incómodo mirarles a la cara mientras te hablan.

— *¡Seguidme!* —proclamó el morador, hablando en sedonio—. *Os llevaré hasta la cumbre en donde os colocaréis en la fila correspondiente a vuestro sector. Una vez ubicados, se os proporcionará el paracaídas. Los que estéis en los sectores del uno al diez no lo necesitaréis. Bueno, para los que no hayáis escuchado nada acerca de este transporte, os diré que se trata de cuarenta tirolinas. Debéis tener cuidado, las distancias son largas y las velocidades que se alcanzan son mayores. La seda de la que os colgaremos puede estar pintada de tres colores; verde significa que todo va bien, amarillo significa que deberíais tener abierto el paracaídas y rojo quiere decir que si no lo habéis abierto aun os vais a pegar un buen leñazo* — algunos sedonios rieron entre dientes—. *¡Yo no me río! El año pasado murieron dos sedonios y un morador en estas tirolinas. Tened mucho cuidado y abrid el paracaídas a tiempo.*

— ¿Qué crees que ha dicho, Benito? —preguntó Arturo.

— ¡No tengo ni idea! Supongo que nada importante.

Subieron en fila india por los sinuosos caminos hasta llegar a la cumbre. Una vez allí, pudieron ver cincuenta postes, cada uno con su número escrito. Por instinto, los muchachos se colocaron en el veinticuatro. Luego les dieron los paracaídas, se los colocaron en la espalda sin saber bien qué era. Arturo pensó que era comida y Benito creyó que era un kit de supervivencia. Gregorio ni se dio cuenta, él simplemente miraba al suelo. ¡Tan lejos y tan mortal, la posible caída! Le colocaron un arnés, luego lo engancharon a la seda y antes de darse cuenta ya le habían pegado la patada en el culo. Benito le siguió y a continuación Arturo.

Los primeros metros fueron bastante lentos, pero a medida que se alejaban de la cumbre comenzaron a acelerar. El viento llenaba la boca de Gregorio y hacía que sus cachetes se inflaran cómicamente. Apenas podía abrir los ojos y cuando lo conseguía, las lágrimas se le escapaban en horizontal.

Llegó a la seda amarilla y una espantosa idea empezaba a tomar forma en su cabeza. ¿Cómo demonios iba a frenar? Puede que eso que dijo el morador de la montaña en sedonio sí fuera importante después de todo. La velocidad seguía en aumento y la franja roja estaba cerca.

– ¿QUÉ HAGO PARA PARAR ESTO? –gritó mientras hacía aspavientos, fruto del terror.

– ¡NO LO SÉ! –gritó Benito.

– ¡ESTO VA A PASAR A COLOR ROJO! ¡AYUDA!

–PUEDE QUE EL BOLSO QUE NOS DIERON SIRVA PARA ALGO…

Gregorio intentó alcanzar el paracaídas. Mientras, la velocidad aumentaba peligrosamente y la zona roja estaba cada vez más cerca. En ese momento, alertado por el vértigo, la aceleración y los gritos de horror de su amigo, Vórtice asomó la cabeza desde la bolsa del muchacho. Tardó unos segundos en analizar la situación. Luego trepó por el pecho del muchacho y llegó hasta el paracaídas. Tiró de la anilla y se pudo abrir.

– ¡ES UN PARACAÍDAS, ES UN PARACAÍDAS! ¡TIRAD DE LA ANILLA! –gritó Gregorio desesperado. Por desgracia la ayuda de Vórtice no llegó a tiempo. Ya habían entrado en la zona roja cuando accionó el paracaídas. Llegó a toda velocidad al sector veinticuatro, la seda se acabó y el chico salió disparado. Vórtice, previendo el golpe, se adelantó y se enrolló en el árbol de enfrente. Intentó amortiguar el impacto todo lo posible, pero el golpe fue brutal de todas maneras.

Benito y Arturo, advertidos por su amigo, tiraron de la anilla y tuvieron mejor aterrizaje. Cuando llegaron, pudieron ver una masa de sedonios en torno a Gregorio.

– ¡Apartad, apartad! –dijo Arturo mientras se acercaban a ver si su amigo estaba entero–. ¿Gregorio, estás bien? –Vórtice estaba junto a él lamiéndole la cara–. ¿Gregorio? –pero el chico no estaba consciente.

– ¡Menudo golpe! –dijo un sedonio.

– ¡Casi parte el árbol! –dijo otro.

– ¡Llevémosle a la enfermería! –dijo el tercero.

Quince minutos después, Gregorio abrió los ojos. Cuatro sedonios lo cargaban en una camilla y sus dos amigos andaban junto a él.

– ¿Qué ha pasado? –murmuró mientras se llevaba una mano a la frente.

– ¡Gregorio! ¡Estás despierto! –Benito se quitó un peso de encima al ver que su amigo estaba bien.

– ¡Te diste un buen leñazo…! –comentó Arturo.

– ¡Ya me acuerdo! –Gregorio hizo un gesto indefinido para que los sedonios pararan. Se bajó de la camilla apoyándose en el hombro de Arturo, cogió su bolsa y la abrió–. ¡Gracias Vórtice! Sin tu ayuda el golpe habría sido mucho peor.

Caminaron en silencio durante una hora más hasta llegar al fuerte del sector veinticuatro. Este lugar era diferente a los que habían visitado hasta ahora. No había niños corriendo por las calles, ni adorables ancianas que te preparan comidas altruistamente. En los suelos había restos de escamas, seguramente desprendidas de los cuerpos de los soldados que lucharon por su pueblo. En las paredes de los edificios había marcas de sangre reseca. Se olía el miedo, el odio y el resentimiento. Un lugar tan sombrío y emponzoñado, que helaría la sangre hasta al más valiente de los salvajes.

Nada más llegar fueron conducidos a la plaza en donde dos sedonios esperaban en lo alto de una tarima.

– ¡Hola, soy el malaquensi de este fuerte! Antes de empezar quiero dar la bienvenida a los nuevos, sobre todo a los tres humanos. Nos complace que esta especie se una a nuestra causa. A partir de ahora y en adelante hablaremos únicamente en el idioma antiguo para que ellos nos entiendan. Bueno, dicho esto, comenzaré mencionando las últimas noticias que nos han llegado desde el sector veintiséis. Al parecer el rey de los barlocks está enfermo– los sedonios aplaudieron y vitorearon con entusiasmo–. ¡Sí, sí! Lo sé. Pero no debemos bajar la guardia. Nos han contado que está a punto de nacer un heredero. Si ese monstruo consigue nacer, se hará fuerte y arremeterá contra nosotros con todas sus fuerzas. ¡Ese bebé será nuestra prioridad! Hemos sabido de unas madrigueras en donde puede estar escondida la madre de la criatura– los sedonios se daban palmaditas unos a otros mientras se decían *"a por ellos"*, *"por fin acabaremos con esos monstruos"* y algunos desvaríos más–. También nos han informado de que el sector treinta ha sido arrasado por una criatura desconocida. Fuentes anuncian que se trataba de un ser enorme, unos cinco metros de altura, su piel era gruesa y oscura. El individuo derribó varios árboles y destrozó gran parte de las edificaciones. Las bajas se cuentan por decenas. Todo lo que rodea a este nuevo animal es un misterio para nosotros. Algunos creen que los barlocks están creándolos en sus madrigueras con la ayuda del agua azul. Otros piensan que vienen de tierras lejanas. Esta idea ha sido la de mayor peso, dado que los altos mandos creen que vienen del mismo lugar que las personas humanas. ¿Qué decís…?

– ¡NO HAY ANIMALES ASÍ EN EL LUGAR DEL QUE NOSOTROS VENIMOS! –gritó Gregorio.

–Bueno, seguiremos investigando. Os pido a todos precaución hasta que sepamos de qué se trata y cómo podemos acabar con ellos. Otra cosa más, y ya concluyo, a los nuevos, quiero presentarles a su totoroto– el sedonio que estaba junto a él hizo un gesto con la cabeza–. Él será quien os guíe en las misiones y a quien os deberéis dirigir si tenéis algún problema. Ahora iréis con él a la sala de estrategia, os pondréis al día y os informará sobre todo los que necesitéis saber sobre las misiones y la vida en este lugar. Os deseo suerte y espero volver a ver vuestras caras muy a menudo por aquí. Eso significará que, tanto vosotros como yo, seguimos estando vivos.

Me saltaré la parte en la que los muchachos hablan con el totoroto, porque hasta ellos se estaban durmiendo escuchándolo. En resumen, habló de cómo comportarse en público, que hay que obedecer las órdenes y que a las cuatro de la madrugada saldrían a la caza de barlocks. Por lo visto, había una madriguera cerca. Hasta el momento, no se habían atrevido a entrar en una, pero el hecho de contar entre sus filas con la ayuda de tres animales terrestres les infundía coraje.

— *¿Monstruos gigantes?* —decía uno—. *A mí eso no me importa. Además… ¿qué puede dar más miedo que ese enorme humano peludo?*

Los muchachos comieron y descansaron unas horas. A las tres, ya estaban todos preparados. El totoroto los esperaba en la plaza. Cuando todos estuvieron listos emprendieron la marcha. Eran diez en total, tres humanos y siete sedonios. Tres de ellos eran arqueros (se les había ordenado obedecer las órdenes de Benito en todo momento), otros tres eran hábiles espadachines y, por último, el totoroto, el cual portaba una espada larga y curva. A esa espada la llamaban… *la espléndida rebanadora de cuellos de barlocks.* Con el tiempo y por economizar las palabras, comenzó a ser conocida como *rebanadora de barlocks.* Parece que el término no cuajó del todo, porque poco después comenzaron a llamarla… *la mata barlocks.* Y, por último, fue conocida simplemente como *Bobby.* Pero eso fue mucho después de todo esto.

El abrupto monte estaba partido en dos por un barranco caudaloso. Poco a poco se convertía en un valle de enormes proporciones. La vasta inmensidad no se podía medir a simple vista. A unos cien metros del final del bosque, había una colina solitaria. En lo alto, reinaba un anciano pino negro. Por aquella época, el árbol podía tener unos quinientos años de antigüedad. De sus altas y retorcidas ramas crecía un perezoso musgo verde, que hacía recordar a las barbas de algunos pensionistas. El musgo llegaba hasta el piso, en donde barría suavemente, mecido por el viento, las hojas ya putrefactas. Las raíces encrespadas se agarraban con fuerza al suelo, adentrándose inexorablemente y succionando toda gota de agua. Nada crecía a su alrededor. Este anciano era el poderoso señor de la ladera. La altura era difícil de saber, pero se puede imaginar al decir que el ser que dormía a sus pies media unos cinco metros y no lograba llegar sin saltar a la copa del árbol. ¡Creo que me he dejado algo en el tintero! ¿Qué era? ¡Ah sí!

Ese ser tan enorme era un *bramador*. Un animal tosco y violento, de aspecto fiero y algo descuidado. Son grandes y gordos, no tienen pelo, su dentadura está bien afilada (al menos los dientes que no han perdido peleándose entre ellos), su piel es una gruesa capa de un derivado de una arcilla. No son grandes pensadores y el aliento les huele a tripas varias. No son fáciles de matar y menos para un sedonio. Su piel acorazada, su tamaño, su bravura y su gran fuerza lo convierten en un temible adversario. La descripción es mucho más amplia, pero no pretenderéis saberlo todo de inmediato. Para nuestros amigos este animal era un misterioso enigma. Nadie, ningún sedonio, humano o morador de la montaña habían visto alguno antes. Sin contar a los sedonios que fueron atacados en el sector treinta.

El *bramador* dormía en posición fetal a los pies del pino negro. Roncaba con fuerza y en ocasiones dejaba escapar algún fétido… digamos que no era agradable estar allí. Los restos de los animales que se había comido estaban desperdigados por la colina. Huesos, pieles, tripas e incluso escamas.

La temperatura debió descender de repente, porque el gigantesco animal dejó de roncar, palpó el suelo, encontró unas pieles de ciervo (con cabeza y todo), se tapó y volvió a roncar. Algunos metros por debajo de él, estaba la entrada a la madriguera de los barlocks. Era un agujero oscuro, húmedo y angosto.

– ¡Allí está la entrada! –dijo el totoroto.

Una neblina densa reptó por el piso, lamiendo la tierra poco a poco, tímida y lentamente. Pronto lo impregnó todo. Aunque les era difícil ver más allá de sus propias narices podían sentir la presencia del monstruo.

– ¡Escuchadme! –continuó el totoroto –. ¡Es nuestro momento! Aprovecharemos la neblina para acercarnos sin ser vistos. Una vez dentro, esa cosa no será ningún problema. Gatearemos de uno en uno. Si no hacemos ruido no se despertará. No sé qué nos encontraremos ahí dentro. Las madrigueras de los barlocks son famosas por su distribución caótica. Lo más importante es no llamar la atención. Si no… estaremos perdidos.

Gregorio fue el primero. Oculto, bajo la niebla, avanzó con precaución. Unos segundos después le siguió un sedonio. El plan era que primero fueran los espadachines. Si hubiera algún problema, los arqueros cubrirían la retirada.

Después de que avanzaran los tres espadachines, Arturo se echó el escudo a la espalda, se agachó y comenzó a seguirlos.

Gregorio no tardó en llegar a la entrada de la madriguera. Se escondió, como pudo, tras unas piedras del interior. Dos sedonios más ya habían llegado cuando el *bramador* dio un respingo, se giró hacia donde estaban los soldados y entreabrió uno de sus ojos. Arturo y los sedonios, que aún estaban cruzando el trecho, se quedaron completamente petrificados. La niebla que los protegía comenzó a disiparse lentamente. El *bramador* abrió su segundo ojo, pero esta vez de par en par. Las pupilas tardaron unos segundos en adaptársele a la oscuridad. Ladeó la cabeza y pareció comprender al fin lo que estaba pasando.

Profirió varios de los rugidos que caracterizan a esta especie mientras se levantaba.

– ¡Vámonos de aquí! ¡Ha dado la voz de alarma! –dijo uno de los espadachines que estaba junto a Gregorio.

– ¡No, esperad! –haciendo caso omiso a las advertencias de Gregorio los dos sedonios salieron.

El *bramador* estaba arrancando una gran rama del viejo árbol. Usó su pie para hacer fuerza y no tardó en salirse con la suya. Luego se giró hacia el enemigo, aun estupefacto, volvió a chillar y corrió hacia ellos.

Los dos primeros en caer fueron los dos sedonios que salieron de la madriguera. Tal fue el golpe que recibieron que salieron volando hacia la entrada. La cual quedó derruida, dejando encerrado al pobre Gregorio. Los pedruscos lo sepultaron parcialmente y recibió un fuerte impacto en la sesera.

El tercer espadachín se echó a correr mientras los arqueros comenzaban a descargar sus flechas sobre el animal.

– ¡SUBID A LOS ÁRBOLES! —ordenó el totoroto. Eso hicieron los tres arqueros sedonios. Benito se ocultó entre las sombras del bosque y el totoroto salió al encuentro del *bramador*.

Lo hizo para salvar a Arturo y el espadachín, los cuales corrían desesperados hacia los árboles. Un gesto noble, pero no fue suficiente. El animal golpeó fuertemente en el piso y los dos sedonios salieron despedidos hacia unas grandes piedras de la colina. Arturo se pudo refugiar junto a Benito. Los dos pudieron ver desde su posición lo que pasó a continuación.

El espadachín se abrió la cabeza contra las piedras. El totoroto, en cambio, siendo mucho más ágil y experimentado, dio una voltereta en el aire, extendió sus alas y cayó de pie. El *bramador* entró en cólera. Rugió como nunca antes y corrió hacia el totoroto. Los golpes del animal fueron esquivados uno a uno mientras se agotaba. El totoroto contraatacaba ferozmente, pero su arma no conseguía hacerle más que pequeñas heridas superficiales.

La lucha duró varios minutos. La destreza del totoroto fue legendaria, pero era inevitable que el monstruo acabara pillándole. Del mamporro que recibió salió volando siete metros. La cabeza le daba vueltas y podía notar que su final era inminente. El *bramador* se acercó a él lentamente, intentando recuperar el aliento. Levantó la gigantesca pata y se dispuso a aplastar al sedonio.

Los arqueros, desde la seguridad de los árboles, desviaron la vista hacia el piso. Su superior estaba a punto de morir por ellos y sintieron que no podían hacer nada para evitarlo. Ese ser… esa máquina de guerra era completamente invencible.

Arturo también bajó la mirada. Mientras el sedonio se había sacrificado para salvarlo, él había corrido a esconderse. Cerró los ojos y una lágrima de impotencia resbaló por su mejilla. Cuando volvió a abrirlos, pudo ver un resplandor rojo. Al principio, el brillo fue muy tenue, pero la luz comenzó a aumentar rápidamente. Al levantar la vista pudo ver la fría expresión en la cara de Benito. Él no había tirado la toalla, estaba cargando su arco con la sustancia roja. Tensó la cuerda con fuerza y la aguantó ahí todo lo que pudo. El tiro tenía que ser preciso y el momento el propicio. El *bramador* ya se disponía a aplastar la cabeza del totoroto, cuando la flecha cargada de Benito salió disparada como un rayo. La explosión fue brutal, Benito frunció el ceño con convicción, mientras todo alrededor se estremecía por la onda expansiva. El monstruo cayó al piso con la espalda aun humeante. Hincó las rodillas y resopló. Volvió a levantarse, se giró y buscó al tirador entre la oscuridad. No tardó en ver algo, pero no fue a un arquero lo que encontró, en vez de eso, un humano con lanza y escudo corría hacia él decididamente. El instinto pudo más que el fuerte dolor que sufría por la quemadura. Corrió hacia el humano mientras blandía la enorme rama del árbol anciano. Se disponía a acabar con todo de un solo golpe, pero detrás del muchacho vio un fuego rojo volador que le vino a aterrizar en la cara.

El segundo impacto le hizo retroceder. Arturo aprovechó la ocasión para clavarle su lanza debajo del pectoral izquierdo. Los gritos de dolor del animal eran ensordecedores. Cegado por la flecha de Benito, agitaba la rama de un lado a otro con la esperanza de acabar con Arturo. Esquivó algunos golpes antes de decidirse a atacar de nuevo. Corrió hacia el monstruo, rodó entre sus patas, se giró y hundió su lanza en la herida abierta de la espalda. El *bramador* se giró y golpeó a Arturo. Por suerte, dio justo en el escudo. El cual repelió el ataque con tremenda facilidad. El muchacho miró atónito su escudo. No tenía ni un rasguño y era de una fina tela. El animal acometió incansablemente y el escudo repelió todos los golpes. Aunque el último hizo que Arturo perdiera el equilibrio y callera al piso. El monstruo tropezó también por su ceguera y cayó sobre el joven. Fue una caída lenta, una de esas caídas en las que te da tiempo de sobra de entender que te estás cayendo, pero que es imposible hacer nada para evitarlo.

Desde el punto de vista de Benito parecía que Arturo iba a quedar completamente plano. Pero no fue así. En el momento justo, el joven, pudo colocar la lanza entre él y el animal. El propio peso del monstruo hizo que la lanza se clavara hasta lo más profundo de su gigantesco corazón.

Hizo falta la ayuda de todos los que quedaron sanos y salvos para darle la vuelta. Arturo quería cortarle uno de los colmillos como recuerdo. Lo cortaron con la espada del totoroto, el cual estaba vivo, pero bastante magullado. La sorpresa fue que dentro del diente el animal, en vez de nervios normales, poseía unas finas tiras de seda de los sedonios. Abrieron al ser allí mismo en varias partes y pudieron comprobar lo que ya sospechaban.

Los barlocks estaban creando a los *bramadores* a partir de la seda mágica que les robaban.

Arturo usó la seda del diente para colgárselo del cuello.

– ¿Qué hacemos ahora? –preguntó.

–Esto se llenará pronto de cientos de barlocks furioso. Debemos volver–dijo uno.

– ¿Qué pasa con los cuerpos de los que han caído? –contestó otro.

–No podemos llevarlos con nosotros, tenemos a un herido y debemos volver rápido para contar lo que hemos visto.

Y de repente fue como si Arturo saliera de un sueño emocionante, para volver a la cruda realidad. Levantó la mirada y pudo volver a ver la expresión que habitaba en la cara de Benito. Y por fin la comprendió. El coraje que había sacado para dispararle esas flechas cargadas de odio al *bramador* no era fruto del sufrimiento del totoroto. Benito vio como la entrada de la madriguera se desplomaba sobre el cuerpo de Gregorio. Vio cómo su amigo moría aplastado y Arturo acababa de entenderlo de verdad en ese mismo instante.

– ¡Volvamos ya! –soltó finalmente Benito–. No quiero estar aquí ni un puto segundo más.

Capítulo 7

La boca estaba impregnada de un fuerte sabor a hierro, las encías le ardían y notaba como la sangre se deslizaba por sus mejillas hacia el suelo. Escuchaba un fuerte pitido en ambos oídos, estaba completamente oscuro y tenía medio cuerpo atrapado bajo los cascotes. Su brazo izquierdo estaba partido. El hueso roto había atravesado la piel y asomaba a través de la ropa. Y de lo demás no estaba seguro, pero pensaba que tenía algunas costillas rotas y algún tipo de problema en su tobillo derecho.

Pudo notar que Vórtice estaba junto a él lamiendo sus heridas y por un segundo se sintió un poco más a salvo.

– ¡Deja eso, Vórtice…! –Dijo–. ¡Ayúdame a quitarme esto de encima!

Cuando el torso del chico estuvo liberado escucharon ruido desde el interior de las profundidades de las cavernas.

– ¡Rápido, ya vienen!

Las tenues luces de unas antorchas se agitaban a lo lejos. Mientras ellos escarbaban apresuradamente.

– ¡Demasiado tarde! ¡Ya están aquí! ¡Escóndete!

Vórtice dudó un segundo, pero luego fue detrás de una piedra y se amoldó a sus grietas para pasar desapercibido. Gregorio en cambio, se echó algo más de tierra encima y se quedó completamente inmóvil. Afuera aún se escuchaban los sonidos de la batalla contra el *bramador*.

Cuando estuvieron más cerca Gregorio pudo ver que se acercaba un grupo de unos diez barlocks. El primero de ellos parecía ser el jefe. Avanzaron hasta llegar a la zona del derrumbe. El hedor que desprendían esos seres era insoportable. El chico se estaba poniendo peligrosamente colorado por mantener la respiración y digo, peligrosamente, porque jamás se ha visto un cadáver con buen color en las mejillas. Y eso es lo que intentaba aparentar, parecer lo más muerto posible.

– ¡Malditos sedonios! –dijo el jefe–. ¡Han descubierto esta entrada!

– ¿Qué hacemos? ¡No podemos salir a reventar cabezas por aquí!

– ¡Dad la voz de alarma, saldremos por la entrada sur! –el jefe se dirigió al barlock que había hablado y le susurró–. ¿Escuchas esos ruidos? El monstruo que el chamán ha creado a partir de la seda mágica nos está haciendo todo el trabajo. Iremos todos por la entrada sur y sorprenderemos a lo que quede de esos bichos asquerosos.

–Pero… ¿no sería más rápido intentar reabrir la entrada y salir por aquí? ¿Qué pasa si muere el monstruo?

– ¡Jajaja! –rio exageradamente–. Mañana habrá cinco más y pasado diez. Ese chamán ha decantado la victoria de la guerra a nuestro favor.

– ¿Qué guerra? Pensé que simplemente saqueábamos lo que necesitábamos y seguíamos con nuestras vidas en las madrigueras. Siempre ha sido así.

–Eso está a punto de cambiar. El rey se muere y ansía dejar un buen legado. Su único heredero está a punto de nacer y entonces desatará su ira contra los sedonios y los moradores de las montañas. El último gran gesto de un gran rey. Y después de unos años, cuando el heredero haya crecido, quien sabe que nuevos lugares podremos conquistar. Una gran época nos espera.

—Y grandes batallas también. ¡Un momento! ¿Qué es esto? —el barlock de menor grado había tropezado con la cabeza de Gregorio y se agachó para comprobar que era—. ¡Esto no es un sedonio! ¡Es otro tipo de animal!

— ¿Qué dices? —el jefe se agachó para palpar la cara del muchacho—. ¿Qué es esto? —murmuró—. ¡La entorcha! —alumbró y miró con curiosidad y algo de recelo—. Ve la sala del rey. Dile que los sedonios nos han atacado y que no están solos. Dile que han traído unas alimañas para que luchen por ellos. Córtale la cabeza y enséñasela a él y al chamán. Puede que ellos sepan qué demonios es esto. ¡Vosotros, seguidme! —gritó poniéndose en pie—. ¡Vamos a hacer lo que más nos gusta en este mundo! ¡Vamos a matar unos cuantos bichos!

— ¡Si, vamos! —gritaron todos menos el de menor grado y se fueron corriendo.

Y allí estaba él. Era un barlock relativamente joven e inexperto. Sujetaba el cuchillo con una mano temblorosa. Su madre le había dicho que no se metiera a soldado, que con las influencias de su familia dentro del clan podría ser escolta personal o puede que algo un poco más seguro. Y allí estaba, arrodillado y agarrando con una mano el pelo de la cabeza de aquel animal para intentar cortarle el cuello sin mancharse demasiado. Sin duda iba a ser algo muy desagradable. Cerró los ojos, agarró le cuchillo con fuerza y…

El golpe fue monumental. Gregorio había agarrado una piedra con su mano buena y se la había estampado al barlock en la sien. El cuál quedó tendido en una postura muy precaria. Aprovechó el momento para terminar de liberarse y con la ayuda de su espada logró ponerse en pie.

La adrenalina que segregaba su cuerpo le permitía mantenerse en pie, pero era obvio que necesitaba ayuda y rápido. Vórtice salió de su escondrijo y se pegó a Gregorio. Él se giró hacia el barlock y le puso la espada en la nuca.

– ¡Bah! Aquí no me hará ningún daño–dijo–. Guíame Vórtice. No consigo ver nada. Intentemos buscar una salida hacia el norte. No quisiera encontrarme con todos esos barlocks que van al sur.

El chico agarró el extremo de la cola del perro de seda y a paso lento y tortuoso avanzaron por las oscuras cavernas de la madriguera.

Las horas pasaron como si fueran días. Gregorio tuvo que entablillarse el brazo con un trozo de madera que encontró y tela de su capa. El dolor hacía que tuvieran que parar continuamente a descansar. El truco estaba en tomar lo que parecían ser caminos secundarios para no encontrarse con los barlocks. Y, sobre todo, huir de las luces.

En uno de esos descansos, fue cuando Gregorio escuchó por primera vez esa vos de pito.

– ¡Psss! ¡Eh, tú!

– ¿Qué? ¿Yo? –Vórtice se puso en guardia.

– ¡Aquí arriba! Tú no eres un barlock ¿Verdad?

– ¿Yo? –repitió tontamente al ver que quien le hablaba era un pequeño sedonio encaramado en la parte superior de la caverna–. No, yo soy un humano.

– ¡Lo sabía! Mis amigos no quisieron creerme. Ellos pensaban que eras un barlock más.

– ¿Quiénes pensaban eso? –el dolor que sufría era insoportable y está claro que le estaba afectando a las entendederas.

– ¡Mis amigos! Somos quince. Algunos te hemos seguido durante un rato, pero sólo yo me he atrevido a hablar contigo. No todo el mundo lo hubiera hecho. Tienes un aspecto horriblemente aterrador. Pero yo nunca tuve miedo. Mi madre siempre decía…

—Vale, vale… déjame respirar. Estoy perdiendo mucha sangre y tengo que salir de aquí. Sígueme si quieres, pero en silencio.

— ¿Estás herido? Tengo un amigo que a lo mejor te puede ayudar. Es el único que tiene un poco de seda de curación. No sé por qué la llaman así si es igual que las demás. Pero creo que se le dice así cuando se usa para curar. Este tipo en cuestión es un poco rácano. Yo una vez me caí y no me quiso dar ni un poco. Pero es entendible, cuando nos trajeron aquí, él se cayó de la carreta y su crisálida no fue cosechada. Ese poquito de seda es lo único que tiene. Yo la mía ni la vi. Fui muy rápido ¿sabes? En cuanto eclosioné me salí volando, trepé por las paredes hasta el techo y me perdí en la oscuridad. Eso siempre se me ha dado bien. Lo de trepar, digo. Cuando era un gusano me llamaban el *Trepador*. Ese es mi nombre de larva. Es provisional, estoy esperando a que me den mi nombre de sedonio. *Trepador* es un nombre muy común, había cinco *Trepadores* más en mi planta. Otra cosa que se me da bien es…

—Oye chico. Me estoy muriendo ¿vale? Necesito que traigas a tu amigo y me enseñes alguna salida que esté hacia el norte. Yo la verdad es que no sé ni donde estoy.

— ¿Hacia el norte? ¡Oh! El norte está hacia allí. A nosotros los sedonios nos es muy fácil orientarnos. Yo tuve un profesor una vez que me dijo que, en la parte trasera de la cabeza, teníamos una gotita de metal líquido que nos indicaba hacia donde estaba el norte. Pero yo no sé qué pensar.

— ¡Corre chico, corre! Yo te espero aquí. ¡Y no te entretengas…!

Media hora después, Gregorio volvió a escuchar la misma voz chillona.

— ¡Psss! ¡Humano, ya estoy aquí!

— ¡Por fin, ya era hora! —el muchacho se giró y se dio cuenta de que no solo estaba el sedonio y su amigo, sino que también había unas dos docenas de sedonios más.

– ¿Tú eres el humano? –preguntó el sedonio que cargaba con el capullo de seda.

–Sí, soy yo. Necesito que me cures.

– ¿Nos vas a sacar de aquí? –preguntó.

– ¿Qué?

–*Trepador* nos dijo que si te curaba nos sacarías de aquí.

– ¡No puedo sacaros a todos! ¿No ves cómo estoy? Irán unos cuantos conmigo y avisaré a los demás para que os rescaten. Pero no puedo pasearme por las cavernas con unos treinta sedonios detrás sin que nadie se dé cuenta.

– ¡Pues no te curo! –el sedonio dio media vuelta y comenzó a alejarse.

– ¡Espera!

– ¡Te dije que era un poco rácano! –soltó *Trepador*.

– ¿Cómo dices? –se encaró el sedonio.

– ¡Qué me muero, coño!

– ¡Ohh! ¡Dijo una palabrota…! –todos los sedonios al unísono y llevándose las manos a la boca.

– ¡Joder…! –musitó mientras se sujetaba la cabeza con la mano buena.

– ¡Otra…!

– ¡Tendrás que pagar dos escarabajos! –canturreó uno.

Gregorio miró a los sedonios, los cuáles le devolvieron la mirada con expectación. Luego se palpó los bolsillos tontamente, miró al piso, resopló y luego volvió a mirar a los sedonios. Aun lo observaban.

– ¿Y a quién se lo…? ¡Esto es absurdo! Está bien, cúrame las heridas y os sacaré a todos de aquí.

Al cabo de un rato, Gregorio, comenzó a sentirse algo mejor. La seda era cálida y parecía estar reparando todas sus heridas. No obstante, el dolor seguía siendo insufrible.

Dentro de la oscuridad de la madriguera el tiempo era imposible de medir. Gregorio no sabía cuánto tiempo llevaban dando tumbos por los angostos caminos, pero tenía claro que llevaba más de un día. Los pequeños sedonios resultaron ser más útiles de lo que parecía. Además de ser excelentes a la hora de ocultarse, también distraían a los barlocks que se acercaban al muchacho y en algunas ocasiones encontraban algo que comer.

A Gregorio no le hacía mucha gracia eso de comer un topo crudo, pero necesitaba las proteínas y con la nariz tapada todo sabe a pollo.

Al segundo día, encontraron la salida. Lo sorprendente fue que no era un sucio agujero en la tierra, como lo era el lugar por donde entró el chico. Los barlocks habían fabricado unas gigantescas puertas talladas de piedra. Cuatro *bramadores* tiraban de las palancas para abrirlas o cerrarlas.

– ¿Cómo vamos a pasar por ahí? –preguntó *Trepador*. El pequeño grupito estaba oculto tras una enorme piedra a una altura de unos cien metros. El camino había desembocado allí y no tenían ni idea de cómo bajar y salir por la puerta sin ser vistos.

– ¡No tengo ni idea! –respondió el chico–. Esos grandullones solo abren las puertas cuando van a salir o entrar alguno de los suyos. Quizá… podríamos disfrazarnos de barlocks e intentar pasar.

– ¿Disfrazarnos? Somos muy pequeños para parecer barlocks– dijo uno.

–Además, las alas nos delatarían– dijo otro.

–Pues a lo mejor… –comenzó a decir Gregorio.

– ¡Espera! ¡Creo que tengo una idea! –musitó de repente *Trepador*–. Pero no creo que le guste al humano. El plan podría truncarse y entonces acabaría espachurrado en el piso. ¡Cómo aquella vez que Saltarín se calló de cabeza en una de las galerías del escarabajo! ¿Os acordáis? –algunos rieron entre dientes.

– ¡Creo que no deberías reírte de esas cosas! –soltó un sedonio bastante gordillo. Gregorio ni siquiera lo había visto hasta el momento–. ¡Saltarín jamás ha vuelto a ser el mismo! –señaló a un lado y Gregorio pudo ver como un sedonio mucho más escuálido luchaba fervientemente por quitarse un poco de excremento de murciélago que se le había quedado entre los dientes–. ¡Creo que le falta otro golpe en la cabeza, pero esta vez por el otro lado! –sentenció.

–Pero… ¿Cuál es el plan? –preguntó Gregorio un tanto irritado.

–Veras…–comenzó a decir *Trepador* cuando sonó un cuerno a lo lejos.

El reclamo del cuerno dio paso a música de tambores. Los barlocks se estaban organizando. Poco después, el suelo de la madriguera comenzó a vibrar. Gregorio forzó la vista y vio que, a lo lejos, miles de antorchas se acercaban. En una formación perfecta comenzaron a desfilar bajo ellos un ejército preparado para la invasión. Los *bramadores* abrieron las puertas de par en par. Los soldados caminaban al unísono, haciendo temblar el piso, mientras tarareaban una pegadiza canción. Los tambores parecían sonar con fuerza para alejar el miedo de aquel lugar. Desfilaron cantidad de armas de asedio. barlocks y *bramadores* apertrechados con multitud de armas diferentes. Pero de todo aquello, lo que más le llamó la atención a Gregorio, fue un gran barlock que montaba una bestia de dientes temibles y llevaba puesta una armadura de un negro brillante con el dibujo de un ser milenario en la pechera. Parecía ser el líder de más rango en el lugar y lo cierto era que solo con echarle un vistazo era capaz de hacerse estremecer al más valiente de los humanos.

Digo ser milenario porque los humanos jamás hemos tenido constancia de un animal como ese. Era como un lagarto con orejas puntiagudas, los ojos eran zafiros, la piel era peluda y sedosa y tenía garras de oso. Un monstruo terrible, pero he de reconocer que la pechera era bonita. El ser se enroscaba alrededor de una montaña de color plata y detrás reinaba una hermosa luna llena. También tengo que decir que la fea cara llena de cicatrices del barlock no mejoraba la imagen.

Cuando la gran mayoría de los soldados habían salido ya por la puerta, Gregorio volvió a pestañear. Miró atrás y vio a los sedonios cuchicheando.

–Entonces… ¿Cuál es el plan? –repitió.

– ¡No tenemos tiempo! –soltó *Trepador*. Lo hemos estado hablando y pensamos que es una buena idea–. Tendrás que meterte en el capullo de nuestro amigo y agarrarte fuerte.

– ¿Que me meta en el capullo? ¿Estás loco? –Gregorio echó un vistazo al dueño de la seda y pudo entender que accedía a regañadientes a prestar su bien más preciado.

– ¡No hay tiempo! ¡Vamos, métete! –apremió *Trepador*.

Un tanto estupefacto Gregorio se metió dentro del capullo y se agarró con fuerza. Cerró los ojos y esperó que por algún tipo de conjuro mágico apareciera en el sector veinticuatro. De repente sintió un meneo, después una sensación extraña en el estómago y supo, entonces, que estaba en movimiento.

Cuando abrió los ojos pudo ver que aún no estaba a salvo. Es más, seguía prácticamente en el mismo lugar. Veía como el último grupo de barlocks comenzaba a traspasar las puertas. Miró atrás y vio que los sedonios habían hecho piña. Cada uno agarraba de un lado el capullo y juntos se movieron por las escarpadas paredes de la madriguera.

– ¿Qué hacéis? –preguntó Gregorio mientras calculaba cuantos metros de caída libre le esperaban si, por alguna casualidad, lo dejaban caer.

– ¡Debemos darnos prisa, la puerta a comenzado a cerrarse! –dijo uno.

– ¡Vamos a ir trepando hasta la puerta y luego salimos por encima!

Gregorio miró hacia la puerta desde su precaria posición y vio que, efectivamente, se estaba cerrando cada vez más deprisa. Los sedonios se apresuraron y se olvidaron por un momento de pasar desapercibidos. La mejor oportunidad de salir de allí se les estaba escapando delante de sus narices. Corrieron cada vez más rápido, pero sin perder de vista en donde ponían las patas, y, justo antes de que la puerta diera un fuerte y polvoroso portazo, todos alcanzaron su ansiada libertad.

.

Capítulo 8

Cuando Gregorio entró en la taberna del sector veinticuatro pudo ver a sus dos amigos. Por un segundo recordó las largas noches en la posada del pueblo. Recordó cómo hacía un tiempo les hablaba de lo bella que era la chica que encontró en el mercado. Por un momento añoró ver al viejo gato de la dueña y tener que controlar por el rabillo del ojo que ninguna cucaracha te trepara por la pernera del pantalón. Se habían sentado en la más arrinconada de las mesas. Arturo se había dormido con la jarra de licor de miel en la mano. Benito buscaba algo en el fondo de la suya. Tenía el ceño fruncido y se notaba que estaba repasando una y otra vez lo ocurrido con el *bramador*. Junto a ellos, había una jarra llena, pero nadie bebía de ella. Desde que perdieron de vista a Gregorio, todas las noches, se había reunido y habían bebido hasta el alba. Pedían tres jarras para empezar. Una la ofrecían al, supuesto, difunto amigo y se tragaban las otras como auténticos borrachos.

Ninguno se dio cuenta que una barata y maltrecha versión de su amigo se dirigía hacia ellos con paso errático, pero decidido (decidido a acabar con esa jarra de un solo trago). Se tambaleó un poco, se giró, se sentó y recostó, resopló por el esfuerzo, agarró la jarra y comenzó a tragar. La reacción de Benito fue instantánea. Al notar que alguien había osado beber de la jarra que le brindaban a su amigo muerto lanzó un golpe directo a la barbilla del intruso ladrón. Un segundo después de que la jarra saliera despedida, para llegar a las piernas de un sedonio gordo con cara de pocos amigos, se dio cuenta de que el intruso era Gregorio.

La alegría se adueñó, entonces, de Benito. Abrió los brazos, enseñó los dientes y se dispuso a darle un gran abrazo al magullado y maltratado muchacho. Todo hubiera sido muy bonito, si no fuera porque Gregorio había cargado ya su brazo bueno e iba directo al ojo izquierdo de Benito.

Arturo se despertó del golpe. Tardó unos segundos en entender lo que pasaba. Luego se convirtió en otro mar de emociones.

– ¡GREGORIO! ¡Estás vivo! –gritó Arturo.

– ¡Por desgracia! –soltó Gregorio–. ¡Me duele todo!

– ¿Estás bien? ¿Has ido a la enfermería? –preguntó Benito mientras se llevaba la mano al ojo afectado.

–Sí, sí. De allí vengo.

– ¿Qué te ha dicho?

–No me quedó claro del todo. No hablaba como nosotros, pero me dio un líquido asqueroso para beber y me trató las heridas y los huesos rotos con su seda especial.

– ¿Y cómo te sientes?

–Pues si te digo la verdad… daría lo que fuera por un buen plato de comida.

– ¡Eso está hecho! ¡Voy a pedirlo! –Arturo se ofreció enseguida y se levantó, pero volvió a sentarse a escuchar lo siguiente que dijo Gregorio.

–En todo este tiempo no he comido más que pequeños insectos crudos.

– ¡Shhh! ¡Baja el tono! –susurró alarmado Arturo.

– ¿Por qué? –preguntó Gregorio en un tono seco.

–No sé. Son insectos, cómo los sedonios– Arturo levantó las cejas y movió la cabeza hacia un lado como queriendo señalar a la taberna entera–. Supongo que es como si tú te comes un mono y lo cuentas en la plaza del pueblo ¿No?

–Pues si me pones al mono aquí ahora mismo no sé si duraría mucho tiempo–soltó irónicamente Gregorio. Aunque en el fondo sabía que en ese estado era capaz de comer casi cualquier cosa. El cuerpo le pedía proteínas a gritos.

– ¡Arturo! –intervino Benito–. ¿No ibas a pedir algo de comer?

– ¡Ah! Sí, sí–Arturo se levantó, pero volvió a sentarse una vez más al escuchar lo que contaba Gregorio.

–Un grupito de sedonios jóvenes me salvaron la vida. Me encontraron agua, comida y me sacaron de allí. Les estoy muy agradecido.

– ¡Arturo! ¡Vete ya! ¡Trae bastante comida, que ahora se me está abriendo a mí también el apetito! –Arturo apretó los labios, miró a Benito, luego a Gregorio y después otra vez a Benito. Luego se levantó y se fue–. ¡Yo te cuento después lo que te pierdas!

– ¡Gracias! –dijo Gregorio mientras se recostaba un poco más en el asiento–. ¡Estoy muy cansado!

– ¿Cuánto tiempo vas a tardar en estar en forma otra vez? – preguntó Benito en un tono serio.

– ¿Qué pasa? ¿Ya quieres volver a la acción?

–Lo cierto es que no. Estaba pensando en volver.

– ¿A dónde?

– ¡A casa! Ya hemos luchado, a ti casi te matan y creo que ya hemos cumplido. Podríamos volver a la ciudad y pedir nuestro barco. Seguro que no se negarán. Incluso acabamos con un *bramador*.

– ¿Un qué?

–Un *bramador*. Así es como han empezado a llamar al monstruo grande de la entrada de la madriguera.

– ¡Es un nombre absurdo!

–No tiene pérdida. Es un *bramador,* porque brama. Está bien.

– ¿Lo inventaste tú?

– ¿Qué? ¡No!

–No sé, te veo defendiendo tanto el nombre que pensé que era tuyo.

– ¿Se nota mucho? Estoy intentando que los sedonios los llamen así.

–Un poco. Pero a lo mejor lo consigues– en ese momento llegó Arturo con una bandeja enorme de comida.

– ¿De qué habláis? –preguntó.

–Le contaba a Gregorio lo que te dije ayer, lo de volver a casa.

– ¡Ah, sí! ¡Creo que es una buena idea! –dijo Arturo mientras atacaba un muslito de cualquiera sabe qué animal–. ¡Nosotros ya hemos cumplido!

–No lo sé, chicos–comenzó Gregorio–. Cuando estuve en la madriguera pude ver la cantidad de barlocks que hay. Son un ejército y se están preparando para aniquilar a esta especie.

–Lo sabemos– dijo Benito–. Han arrasado varios sectores mientras tú estabas desaparecido. Los sedonios se están reagrupando en la ciudad para intentar defenderse. Dentro de pocos días nosotros también tendremos que volver. Por eso te decía de aprovechar y reclamar nuestro barco.

– ¿Pedirles un barco mientras luchan por su supervivencia?

– ¡Vamos, Gregorio! ¡Son millones! ¡Pueden fabricar un barco con los ojos cerrados y esta no es nuestra guerra! –Benito se estaba alterando por momentos.

– ¿Los dejaremos morir aquí mientras nosotros volvemos a casa? ¿Nos vamos a lavar las manos en este asunto?

– ¡Esa no es la pregunta, Gregorio! La pregunta es… ¿estás dispuesto a morir tú aquí por ellos? Piensa en lo que te espera en casa cuando vuelvas. ¿Quieres echarlo todo a perder por una guerra que no tiene nada que ver contigo? ¡No somos héroes, Gregorio!

Benito se había puesto de pie y prácticamente le gritaba a su amigo en la oreja. Él meditaba todos los argumentos antes de pronunciar una sola palabra más. Algunos sedonios miraban a la mesa de reojo.

– ¡Te entiendo, Benito! Y sé que tienes razón. Pero comprende mi punto de vista. Casi muero y unos sedonios me salvaron la vida. Siento que les debo algo. Aunque sé que lo que tú dices es lo más lógico. Supongo que tienes razón cuando dices eso de que no somos héroes. Nuestra ausencia no se notaría. No vamos a arriesgarnos a perder nuestras vidas. Cuando volvamos a Craptalia solicitaremos audiencia con el señor de los sedonios y arreglaremos todo esto.

– ¡Gregorio! –soltó Benito.

– ¿Qué?

– ¡Siento haberte hablado así! Creí que habías muerto en el derrumbamiento y durante todos estos días, las cosas aquí no han ido nada bien. La tensión se masca en el aire y todos andan muy preocupados. No quisiera que esto se nos fuera de las manos y que al final ninguno de nosotros pudiera volver a casa jamás.

– ¡Te entiendo, Benito! Y tienes razón en lo del barco. Dentro de unos días arreglaremos todo eso ¿vale? Ahora creo que voy a pelearme con Arturo por algo de comida.

– ¿Un grupito de jóvenes sedonios entonces? –saltó Arturo.

– ¡Oh, Vamos Arturo! ¡Déjalo ya! –sentenció Benito.

La noche fue corta, pero les dio tiempo de comer, beber y reír. Pero, sobre todo, consiguieron dormir tranquilos. Porque por fin volvían a ser tres humanos en el barracón del sector veinticuatro.

Al día siguiente, todos los habitantes del sector veinticuatro se reunieron en la plaza. El malaquensi subió a la tarima y se dispuso a hablar.

– ¡Atención, Atención! –los soldados se pusieron firmes–. Han llegado órdenes desde Craptalia. Hoy comenzaremos a prepararnos para trasladarnos a la ciudad. No debemos dejar ni rastro de nuestra presencia aquí. Nos llevaremos lo imprescindible y el resto lo quemaremos. Los barlocks avanzan hacia la capital. Como ya sabéis han arrasado los sectores treinta, veintinueve y veintiocho. Las órdenes son tomar el camino de la montaña de los moradores, al ser el más rápido.

– ¡Eso no es muy buena idea! –susurraba un sedonio.

– ¿Por qué lo dices? –susurraba otro.

–La montaña está muy cerca de los sectores invadidos. ¿Hasta qué punto es eso seguro?

– ¡Calla, que nos van a oír! La otra opción es atravesar la selva y personalmente a mí no me apetece.

–En Craptalia se están preparando para un ataque inminente– continuó el malaquensi–. Si caen los fuertes de los sectores veintisiete y doce nada les impedirá avanzar hasta la capital. Tenemos la suerte de contar con la ayuda de los moradores de la montaña, los cuales, nos están proporcionando gran cantidad de armas y recursos. Además, la montaña nos brinda una buena posición estratégica. Si conseguimos repeler el asedio a la ciudad, no nos será complicado mantener a salvo el resto de los sectores.

– ¿Qué planes hay para repeler el ataque? –gritó uno. Por lo general, al malaquensi le habría molestado que un soldado hablase sin permiso. Pero los ánimos estaban revueltos y los muchachos un poco asustados.

–Los ingenieros reales han diseñado un novedoso sistema de defensa. La idea era recrear un capullo de crisálida de unos trescientos metros de alto. Se reorganizará toda la ciudad para que los edificios queden dentro y así poder proteger a los ciudadanos. El capullo constará de puestos preparaos para los arqueros y diferentes tipos de sistemas para acabar con esos odiosos barlocks de una vez por todas. Bueno, aquí acaba el discurso. Comenzad a prepararos para el viaje. En cuanto todo esté listo partiremos. Recordad, no debemos dejar ninguna señal de nuestra presencia aquí. No perdáis tiempo. ¡Vamos! –el malaquensi bajó de la tarima y se fue sin decir ni una palabra más, preocupado con la cabeza en sus asuntos.

Los soldados no se fueron enseguida, se quedaron unos segundos. Se miraron unos a otros y luego comenzaron a desaparecer.

Un joven soldado de aspecto risueño se acercó a Gregorio. Cogido de la mano traía a *Trepador*.

– ¡Hola! –dijo el soldado–. ¿Este es Gregorio? –le preguntó a *Trepador*.

–Sí–contestó el pequeño sedonio–. ¡Éste es!

– ¡Perdona! –dijo el soldado dirigiéndose a Gregorio–. Es que todos los humanos me parecéis iguales.

– ¡Estás perdonado! –Gregorio esbozó una sonrisilla burlona.

–Quisiera darte las gracias por salvar a mi hermanito. Me ha contado que fuiste tú quien los sacó a todos de allí.

– ¡Al contrario, él y sus amigos me salvaron la vida!

– ¿De verdad? ¡Eso no me lo dijiste, *Trepador*! –el soldado pasó un brazo por encima del sedonio pequeño–. Bueno, de todas maneras, queríamos darte esto.

El soldado le dio una pequeña medalla de oro en la que había tallado un gran sol resplandeciente.

—Nosotros, los sedonios, adoramos al sol—continuó el soldado—. Esta medalla te dará suerte. De nuevo te doy las gracias.

El soldado y *Trepador* se fueron sonriendo y dándose palmaditas en la espalda el uno al otro. Era curioso, pero hasta el momento ninguno de los muchachos se había preguntado si quiera si estos seres tenían algún tipo de religión. Gregorio sintió que, aunque llevaba muchísimo tiempo entre estos seres, no los conocía en absoluto. La guerra no dejaba espacio para nada más y eso era una autentica pena. Pensó que, si hubiera llegado a esta isla en otra época, una en la que reinara la paz y la armonía, todo habría sido muy diferente. Tendría tiempo para conocer sus costumbres y su cultura, su religión y el tipo de ocio que les gusta. Ahora no, ahora solo hay tiempo para la lucha. Comenzó a odiar a los barlocks por destruir algo tan preciado.

Abrió su bolsa para guardar la medalla. La luz del día despertó entonces a Vórtice, el cual estaba acurrucado dentro entre unas galletas y una botella de agua.

— ¡Buenos días, amigo! —le dijo Gregorio—. ¿Quieres que vayamos a la taberna a desayunar algo?

Vórtice bajó de un salto, bostezó y se estiró. Comenzó a mover la cola felizmente, se auto acarició con las piernas de Gregorio y dio unos saltitos, como queriendo decir… *¡estoy preparado!*

— ¡Pues vamos! De todas formas, nosotros no tenemos nada que recoger—dijo Benito.

— ¡Yo me apunto a lo de prenderle fuego a algo! —soltó Arturo.

— ¡Vamos, antes de que te chamusques un pie o algo peor!

Capítulo 9

Al siguiente día ya no quedaba nada del sector veinticuatro. Recogieron sus pertenencias, guardaron la seda en grandes fardos y quemaron el resto. Avanzaron en grupitos por las sendas de seda. El último de ellos iba guardando la seda del camino que quedaba atrás en un paquete. Puede parecer una ardua tarea, pero la seda, prácticamente, saltaba dentro.

Tardaron cuatro días en llegar a la montaña de los moradores. Al llegar, los recibió el mismo morador de la montaña que la primera vez. Con esos dientes afilados y amarillos, las orejas largas y caídas.

– ¡Saludos, malaquensi! –dijo mientras hacía una reverencia–. ¿Qué os trae por la montaña?

– ¡Saludos, morador! Somos el sector veinticuatro. Deseamos pasar aquí la noche y mañana temprano partir hacia Craptalia. Venimos bastante cargados, así que había pensado tomar el camino de los túneles. Unas cuantas vagonetas podrían llevarnos rápidamente hacia nuestro destino.

– ¡Sí, sí, seguidme! Las vagonetas siempre son más lentas que las tirolinas, por ejemplo, pero son útiles para transportar grandes mercancías.

El sector veinticuatro se adentró en la montaña hasta llegar a una gran sala redonda. El piso estaba lleno de numerosas alfombras. Mon-

117

tículos enormes se extendían aleatoriamente por la estancia. Más que un salón parecía un almacén de alfombras. También había unas cinco chimeneas encendidas y unas enormes mesas en el centro.

–Dejad los bultos en la entrada–dijo el morador–. Nosotros lo llevaremos todo a las vagonetas para que mañana esté todo listo para el viaje.

En cuanto terminaron de dejar las cosas en la entrada llegó el servicio. Una decena de moradores comenzaron a preparar las mesas para un gran banquete. La comida fue abundante y la bebida mucho más. Los soldados se hartaron hasta más no poder. Horas más tarde, todos habían caído rendidos. Todos, menos uno.

El hermano de *Trepador,* el cual se llamaba Lupino, se despertó en mitad de la noche debido a una pesadilla. El soldado estaba soñando que le habían tendido una trampa, alguien ponía un cuchillo en su cuello, pero no conseguía ver la cara de agresor, por más que intentaba darse la vuelta. Palpó el suelo a su alrededor buscando a su hermano pequeño para intentar quedarse más tranquilo. Pero no lo encontró. Palpó un poco más allá, pero era inútil. *Trepador* no estaba.

– ¡Mierda, le dije que se quedara aquí! –susurró.

Es curioso, pero al primero que avisó en busca de ayuda fue a Gregorio. Es probable que el joven temiera una reprimenda si despertaba al malaquensi o a algún otro soldado.

– ¡Gregorio, Gregorio, despierta! –susurró.

– ¿Qué dices? ¡Yo no soy Gregorio! –el sedonio había despertado a Arturo por error.

– ¡Perdón, es que no os diferencio! ¿Cuál es?

– ¡El que está roncando con fuerza!

– ¡Vale, gracias!

–Sí…–Arturo volvió a dormirse enseguida. Roncando aun con más fuerza que ningún otro.

– ¡Gregorio, Gregorio, despierta! –volvió a susurrar.

– ¿Qué pasa? ¿Qué? ¿Quién? –ni siquiera había abierto los ojos. El banquete fue muy exuberante y le estaba pasando factura.

– ¡Soy Lupino!

– ¿Quién?

–Lupino… el hermano de *Trepador.*

– ¡Ah, sí! El de la medalla. ¿Qué pasa?

–Se trata de mi hermano. No está.

– ¿Y dónde está?

–No lo sé. Durante la comida me dijo que quería llegar a lo más alto de la montaña. Que él era *Trepador* y no podía pasar por aquí sin ver la cumbre. Por supuesto le dije que se dejara de boberías, que no se separara de mí en ningún momento hasta llegar a casa. Luego nos fuimos a dormir. Me acabo de despertar y no está. Temo que haya ido a la cumbre.

Por un segundo Gregorio pensó que no pasaba nada por ir allá arriba. Que si el muchacho era capaz de sobrevivir en las madrigueras de los barlocks sería capaz de volver a la sala sano y salvo. Pero luego recordó la medalla que guardaba en su bolsa y que gracias a ese pequeñajo él seguía con vida. Se incorporó, se desperezó un poco y abrió su bolsa.

– ¡Vórtice! –le dijo a su fiel amigo, el cual también estaba durmiendo–. Despierta a los chicos. ¡Vamos a ir a dar un paseo!

No hace falta decir que Benito y Arturo fueron mucho más remolones que Gregorio. Una vez en pie, lo primero que hicieron fue sacar la cabeza por una ventana y mirar hacia arriba.

—Bueno, parece que ha sido listo–dijo Benito–. En vez de trepar ha ido por las escaleras.

Comenzaron a subir por unas escaleras de caracol. En cada piso paraban, lo llamaban y buscaban dentro de algunas estancias.

Tardaron más de una hora en llegar a la cumbre, en donde estaban las tirolinas. Y allí lo encontraron. Estaba jugando con algunos cachivaches que había encontrado.

— *¡Trepador! ¡Estás bien!* –dijo Lupino mientras corría a abrazar a su hermano.

— ¡Sí, claro! ¿Qué pasa? –el pequeño sedonio se extrañó al ver a su hermano tan nervioso.

— ¡Te dije que no subieras! ¡Te dije que…! ¿Qué llevas puesto?

— ¿Esto? ¡Lo he encontrado ahí detrás! –*Trepador* hizo un giro de trescientos sesenta grados, para que pudieran ver su bonito traje–. Me recuerda a esas ardillas que van de un árbol a otro pegando grandes saltos. ¿Crees que podría volar con esto, Lupino? Pero volar de verdad y no lo que nosotros hacemos. Digo como los pájaros.

Lupino examinó el traje con detenimiento. Pudo ver que entre las mangas de las manos y las piernas había una tela fina. Ciertamente recordaba a esas ardillas.

—Volar como los pájaros no sé, pero seguro que puedes planear con facilidad. Seguro que los moradores lo usan como trasporte en caso de emergencias. Con un traje de estos podrían llegar a Craptalia en unos minutos. Bueno, deja eso en donde estaba y volvamos al salón que me tenías muy preocupado.

— ¡Vale… gruñón! –*Trepador* se quitó el traje, lo puso en donde estaba y le dio la mano a su hermano.

— ¡Eso, eso! –saltó Arturo–. Volvamos deprisa, que hemos dejado en la sala las bolsas y las armas. No me gustaría que de repente me desapareciera algo.

Y sin más, comenzaron a descender por la escalera de caracol. Los muchachos estaban algo molestos. La caminata había sido dura y necesitaban las escasas horas de sueño para recuperar las fuerzas perdidas. Si *Trepador* hubiera obedecido, si no se hubiera atrevido a desafiar a su hermano, si no se hubiera arriesgado tanto tontamente… ahora mismo todos estarían muertos.

Por la cavernosa espiral, que formaba la escalera, se arrastraban hacia la superficie los sonidos de la muerte. Las espadas desenvainando, el crujir de los duros caparazones de los sedonios quebrándose, el lamento de los moribundos y los horripilantes rugidos de odio de los barlocks.

Gregorio, que iba el primero, hizo una señal para que Lupino agarrara a *Trepador*. Cuando llegaron a la puerta de la sala de las chimeneas, asomó la cabeza con cuidado. Un gran número de barlocks habían atacado mientras los sedonios dormían. Muchos de ellos ni siquiera se dieron cuenta de lo que pasaba. El único que quedaba con vida era el malaquensi. Una retorcida espada de barlock le había atravesado el abdomen. Estaba clavado contra la pared en una posición muy precaria. No estaba muerto, pero era evidente que solo le quedaban unos segundos de vida. Alrededor de él, había algunos barlocks. Uno de ellos era el que Gregorio consiguió ver en la madriguera, el de la armadura con la imagen del ser milenario, el gran barlock que montaba en una bestia. Parecía estar muy contento de haber dado casa al malaquensi del sector veinticuatro de una forma tan gratuita.

— ¡Bien, bien, bien! ¿Qué tenemos aquí? –comenzó el barlock, con ese acento tan horrible con el que hablan ellos–. ¡Pero si es el temido malaquensi del sector veinticuatro! Un excelente espadachín y gran maestro del sigilo. Dicen que no lo logras ver hasta que tu cabeza se separa de tu cuerpo. O al menos eso dicen. ¿Qué te trae nuestros dominios?

— ¿Vuestros dominios? –el malaquensi estaba haciendo un esfuerzo increíble por poder hablar–. En cuanto los moradores se enteren

121

de que estáis aquí vendrán y os darán muerte. Es solo cuestión de tiempo.

— ¿Nos darán muerte? —el barlock se acercó tanto al sedonio que apenas se les podía distinguir en la oscuridad—. Aun no te has dado cuenta ¿verdad? Los moradores ahora trabajan para nosotros. Ellos nos proporcionan armas y una base estratégicamente perfecta y nosotros los dejamos vivir.

— ¡Eso es mentira! Los moradores siempre han sido neutrales. A ellos lo único que les importa es…

— ¿Las joyas, el oro o la plata? ¿Y quiénes crees que poseerán todos los recursos cuando los sedonios hayan desaparecido de una vez por todas? Los moradores no están especialmente contentos con este trato, pero es su mejor opción. Colaborar o morir. ¡Al igual que lo acabas de hacer tú! ¡Bah, llevaos este cadáver de aquí! ¡Apiladlos fuera para prenderles fuego! —dijo el gran barlock dirigiéndose a algunos de sus esbirros—. Y quemad también sus pertenencias. ¡No quisiera pillar alguna enfermedad extraña de estos sucios sedonios!

El barlock abandonó la sala, junto con alguno de sus soldados, por una puerta trasera. Gregorio supuso que por esa misma puerta fue por la que entraron a hurtadillas. Un grupo de unos cinco se quedaron para apilar los cuerpos. Abrieron las puertas de la terraza y comenzaron a llevarlos de uno en uno.

Era de noche y estaba oscuro, pero Gregorio, de algún modo, notó que los pequeños ojos de Vórtice se le clavaban en los suyos pidiendo auxilio. La bolsa estaba entreabierta en el otro extremo de la habitación, junto con las demás bolsas y las armas. El chico le hizo una seña para que avanzara hacia ellos. El montoncito de seda mágica dudó unos segundos y luego dio un paso tímido, para volver a esconderse al ver que su amo seguía haciéndole señas. Estaba claro que Gregorio necesitaba que les llevara las armas al menos y puede que también las bolsas. Vórtice sabía pasar desapercibido con facilidad, pero aquello era diferente. Necesitaba cargar todo ese peso con el mayor de los sigilos y tenía que hacerlo cuando los barlocks no mirasen. O sea, entre viaje y viaje de cuerpos.

El animalillo amarró con su propia seda todos los bultos y comenzó a tirar. Pasito a pasito, sin pausa, pero con prisa, porque el número de cuerpos iba menguando y eso los acercaba cada vez más a él. Cuando hubo recorrido la mitad del trayecto uno de los barlocks habló:

— ¡Trae la antorcha, ya podemos prenderles fuego! ¡Comenzad a traer también las bolsas y las armas! No debe quedar nada.

Vórtice se estremeció. Debía darse prisa o si no acabaría él también en la hoguera. Tanto pensó en eso, que comenzó a volverse un poco más torpe por las prisas. Y no pudo evitar, que cuando un barlock andaba cerca, la espada de Gregorio chocara con el escudo de un sedonio provocando un desastroso estruendo.

— ¿Qué ha sido eso? –preguntó, alarmado, uno de los barlocks.

–Debe quedar alguno aún con vida. ¡Ve y remátalo! –ordenó otro.

En cuanto Vórtice escuchó eso, dio media vuelta y se escondió dentro de la bolsa de Gregorio. Los dientes no le castañeaban porque la seda no es tan sólida, pero el pobre estaba temblando de miedo. El barlock se acercó arrastrando sus peludas piernas. Empuñaba su espada curva y de uno de sus muslos caían caudalosos chorros de sangre. Puede que algún sedonio alcanzara a hacerle un buen tajo. El horrible ser echó un vistazo rápido, dio algunas patadas a los cuerpos inertes de los sedonios y luego se dio la vuelta.

— ¡AQUÍ NO HAY NADA! –gritó.

— ¡VALE! ¡VUELVE, Y TRAETE ALGUNAS BOLSAS DE AHÍ! –le contestó el otro barlock–. No quiero pasarme toda la noche aquí. Los demás seguro que ya está comiendo en la sala de abajo. Casi puedo oler la carne de *clucier*.

El barlock de la pierna ensangrentada se agachó con cuidado y agarró varias bolsas, entre ellas la de Gregorio, en donde se escondía el pobre Vórtice. El primer impulso del chico fue salir corriendo y arremeter a puñetazos, pero sus amigos lo agarraron.

El monstruo se alejaba arrastrando los pies. Cada paso que daba era una punzada más en el corazón del chico. Si entraba en la sala acabaría muerto, pero no podía ver morir a su amigo. Los destellos de la luz tintineante que manaban de la estrambótica y macabra hoguera dejaron entrever la expresión de pánico y súplica que esbozaba Vórtice. Eso fue demasiado para Gregorio, tuvo que bajar la mirada. Vio los cadáveres, vio la sangre de dudoso color y vio… vio las armas a mitad de camino. Entonces fue como si la mente se le hubiera iluminado. Se soltó como pudo de los protectores brazos de sus dos amigos y corrió con todas sus fuerzas. La bolsa ya casi estaba en la terraza. Arturo y Benito se miraron y parecieron comprender enseguida lo que había maquinado Gregorio. Corrieron desesperados tras él. Lupino agarró a su hermano pequeño con más fuerza aun y le tapó los ojos con una mano.

Hay que decir que la primera intención de Arturo y Benito era detener a Gregorio, pero cuando llegaron a la altura de las armas, él ya casi estaba llegando. Así que cogieron las armas. Benito preparó una de sus flechas e hincó una rodilla en el piso. Arturo se colocó el escudo, agarró la lanza y corrió lo más rápido que pudo hacia la terraza.

Gregorio fue muy rápido, pero no lo suficiente. Cuando su espada estaba atravesando el pecho del barlock herido, la bolsa ya estaba volando por los aires hacia el fuego. Un escalofrío le recorrió el espinazo. Consiguió volver a ver la cara de Vórtice mientras caía y de repente un intenso brillo verde fuerte lo inundó todo. La espada estaba cobrando vida, los extremos se estiraron velozmente y justo cuando el pequeño ser comenzaba a chamuscarse el culo, la seda lo envolvió y tiró de él. Hay que decir que Gregorio aun no controlaba cien por cien la seda y no pudo salvar las provisiones que guardaba dentro de la bolsa.

Vórtice salió disparado hacia atrás y aterrizó de mala manera. Luego salió corriendo hacia donde esperaba Lupino. Gregorio miró un segundo la espada con algo de incredulidad, acababa de salvar a su amigo. Pero no había tiempo para regodearse, los cuatro barlocks restantes corrían hacia ellos con las armas en alto. El chico dudó un segundo, pero luego se encaró. Los primeros segundos fueron los más cruciales, tuvo que defenderse de los dos que se le acercaban de frente con la espada y usó los dos extremos de la seda para entretener a los que se le acercaban por los lados. El intercambio de golpes fue frenético y Gregorio sabía que no podría continuar así mucho más. Tuvo suerte, uno de los barlocks delanteros enfureció y se preparó para dar un golpe brutal, pero el chico fue más rápido y evisceró de un solo movimiento. El barlock cayó de rodillas e intentó enmendar el daño, pero era demasiado tarde. Benito tenía miedo de que una de sus flechas hiriera a Gregorio, estaba oscuro y ya había visto el poder de una flecha bien cargada de la sustancia roja. Aprovechó el momento cuando la seda empujó al barlock de la izquierda hacia la pared, la flecha salió disparada, le atravesó el cuello y se clavó en la pared de atrás. Esto le recordó al malaquensi, el cual aún estaba detrás de ellos.

Solo quedaban dos. Gregorio concentró la fuerza de la seda en atrapar al barlock de la derecha y lanzarlo hacia la puerta de la emboscada. Esto debió ser un error, porque el barlock que quedaba enfrente de él aprovechó para hundirle su espada en el lateral del abdomen. Gregorio sintió como el frio acero lo penetraba y arrasaba con músculos y tendones a su paso. El dolor le hizo caer de rodillas dejando el cuello expuesto, tal como pasó anteriormente con el otro barlock. Saboreando su venganza, el despiadado ser, alzó su espada y justo cuando comenzó a descender apareció la lanza de Arturo. Surcó los aires desde unos metros más atrás e hizo que el esternón del barlock estallara en mil pedazos justo antes de atravesar su corazón.

Arturo corrió hacia Gregorio, ignorando al enemigo que aún quedaba en pie. El barlock se levantó, abrió la puerta y se echó a correr escaleras abajo gritando como un poseso que necesitaba ayuda.

– ¡Vamos Gregorio! –le dijo mientras el chico agonizaba–. ¡Tenemos que salir de aquí!

Desde las profundidades de la montaña llegaron ruidos de gritos de guerra y del metal de las espadas. Una horda subía por las escaleras en ese mismo momento y no tardarían en encontrarlos y matarlos a todos.

– ¡No puedo! –dijo Gregorio entre sollozos–. ¡Me arde! ¡Creo que la espada estaba envenenada!

El tiempo apremiaba, así que Arturo recogió la espada y la lanza, y se echó al hombro a Gregorio.

— ¡Vamos! —les gritó a los demás—. ¡Salgamos de aquí!

— ¿Pero a dónde vamos? —preguntó Benito mientras ayudaba a Arturo con las armas—. ¡Esto está plagado de barlocks!

— ¡No lo sé…! —continuó Arturo—. ¡Pero aquí no nos podemos quedar!

— ¡Yo tengo una idea! —saltó de repente *Trepador*.

— ¡Calla, que esto es importante! —le cortó Lupino.

— ¡No, en serio! ¡Seguidme, rápido!

Tal era la seguridad en la voz del pequeño sedonio que nadie preguntó nada más. De todos modos, estaba resultando ser todo un experto en huidas in extremis. Corrieron escaleras arriba mientras los barlocks les pisaban los pies.

Cuando llegaron a la zona de las tirolinas Arturo bloqueó la puerta con su lanza (he de recordaros que la lanza estaba recubierta de la misma seda azul que tenía el escudo y por tanto también repelía el triple de fuerza). Los barlocks arremetieron contra la puerta y una y otra vez. Saliendo despedidos escaleras abajo cada vez.

— ¿Ahora qué? —Preguntó Lupino.

—Ahora usamos las tirolinas—contestó *Trepador*.

— ¡Eso no es muy buena idea! —saltó Arturo.

— ¿Por qué?

— ¡No puedo dejar mi lanza aquí! Supongo que esperaría a que todos vosotros hayáis saltado y luego quitaría la lanza e iría yo detrás.

— ¡Claro, ese es el plan! —continuó *Trepador*.

—Sí, pero la cuestión es que antes de que nos diéramos cuenta los barlocks saldrían y cortarían la cuerda. No pienso quedarme aquí a no ser que sea completamente necesario.

— ¡Pues deja aquí esa estúpida lanza! —saltó Lupino alteradamente—. ¡Seguro que te dan otra en Craptalia!

Arturo se levantó de un salto y se disponía a decirle a Lupino que lo que se podía quedar aquí era un estúpido sedonio que él conocía, cuando *Trepador* volvió a hablar.

— ¡Esperad, tengo otra idea! —*Trepador* se alejó y trajo arrastrando un pesado baúl de madera—. Dentro están los trajes que os enseñé antes. Podemos usarlos para salir volando de aquí.

— ¡Planeando! —le corrigió su hermano.

— ¡Eso, planeando!

— ¿Y qué haremos con Gregorio? ¡Está muy débil! —dijo Arturo.

—Vórtice puede aferrarlo a alguno de nosotros, juntos iremos rumbo a Craptalia—dijo Benito.

— ¡Yo soy muy pesado! —continuó Arturo—. Seguro que no duraríamos mucho en el aire.

— ¡Yo lo llevaré! —Sentenció Benito—. Puedes hacerlo ¿Verdad? —le preguntó a Vórtice. El cual asintió varias veces—. ¡Pues vamos allá!

Rebuscaron en el baúl y encontraron ropas de todos los tamaños. En cuanto todos estuvieron listos, saltaron en orden. El traje funcionaba a la perfección, los cuerpos se sostenían con elegancia en el aire y eran fáciles de manejar.

Cuando solo quedó Arturo por saltar, fue hasta la puerta y cogió la lanza. Esta vez, la acometida de los barlocks acabó con unos diez en el piso. Mientras, Arturo corría hacia el borde de la plataforma. Algunos barlocks que vinieron detrás armaron sus arcos y lanzaron sus flechas.

Pero ya era demasiado tarde, Arturo y el resto de sus compañeros volaban (o planeaban) rumbo a Craptalia.

Capítulo 10

¿Cuál es la situación?–preguntó Tárucan, el rey de los sedonios. En la sala había unos veinte, estaban sentados en torno a una gran mesa llena de papeles y discutían acaloradamente. Entre otros, estaban el rey, su consejero y el anciano que acompañó a los muchachos hasta el campo de entrenamiento. También estaba Cártaro, que ostentaba el mayor rango posible dentro del ejército sedonio, y el maestro armero.

—Veréis, alteza—musitó el consejero—, los barlocks han avanzado por los sectores del norte y ahora se apostan a nuestras puertas. No han informado algunos de nuestros soldados, de que la montaña ha sido tomada por la fuerza y que ahora los moradores suministran sus preciadas armas al enemigo.

—Esos humanos han resultado ser más útiles de lo que pensábamos—saltó Cártaro—. Consiguieron escapar de los barlocks en la montaña y trajeron con ellos esa valiosa información. Lástima que uno de ellos haya resultado mal herido. Hemos perdido a muchos soldados en esa trampa, pero hemos dado orden a los sectores de que se replieguen usando caminos secundarios. Aun esperamos que lleguen a nuestras puertas diez sectores más.

— ¿Las defensas están listas para el inminente ataque? —Se interesó el rey.

—Sí, alteza– respondió el maestro armero–. Hemos terminado hace apenas unos días. Los edificios han quedado completamente protegidos por la pupa de quince plantas. También hemos terminado las tres murallas concéntricas y hemos apostado en ellas las catapultas y las ballestas pesadas. Todas las defensas han sido construidas con nuestra mejor seda ignífuga. Los mil baluartes están listos y nuestros arqueros ansiosos porque llegue el día de la batalla. Tenemos doscientos *cluciers* para que los monten nuestros lanceros. Los espadachines han afilado sus espadas y el aceite que arderá sobre los barlocks está en las hoyas. También hemos cavado zanjas entre las murallas y hemos colocado trampas en ellas. Puesto que los sedonios no necesitamos puertas, no hemos colocado, pero hemos dispuesto unos pequeños puentes entre ellas para que los humanos se puedan mover con facilidad. Está todo preparado.

— ¿Qué sabemos de los barlocks? —continuó el rey–. ¿Cuánto tardaran en llegar hasta nosotros? ¿Cuántos son? ¿Qué sabemos de sus armas de asedio? ¡Quiero información!

—Bueno, creo que con asomaros a la ventana entenderéis la situación, alteza–susurró el consejero.

El rey se levantó, anduvo unos pasos y miró por la ventana. La noche había llegado casi de improvisto, las nubes negras se acumulaban y amenazaban tormenta. Una centena de millar de barlocks asediaba la ciudad de Craptalia–. ¡Escarabajos peloteros! —exclamó el rey–. Han ocupado todo el páramo. Desde el bosque real, hasta las colinas chillonas. ¿Eso de allí son los *bramadores*?

—Sí, alteza– contestó Cántaro–. Son unos seres terriblemente duros de matar.

¡Bam, bim, bum! Gregorio despertó poco a poco, cómo de un cálido sueño. ¡Bam, bim, bum! La lengua se le había pegado al paladar, la boca se le había secado mientras dormía. ¡Bam, bam! El agudo dolor de su vientre despertaba junto con él. ¡Bum! Abrió los ojos y pudo ver que estaba completamente solo en una sala llena de camillas vacías. Comenzó a organizar sus ideas lentamente, comenzó a recordar en donde estaba y que lo había llevado a esa situación. Pero… ¿Dónde estaban sus amigos? Y lo más importante, ¿Qué demonios era ese ruido?

Hizo acopio de fuerza para poder incorporarse. Tenía la barriga vendada, la curiosidad pudo más que la prudencia y retiró las vendas. La carne alternaba entre verde, negro y morado, las venas se habían hinchado y amorataron peligrosamente. Estaba claro que estaba en la enfermería por una buena razón.

Solo llevaba puesto un cutre pantalón de seda marrón. No sabía en donde estaba ni su ropa, ni siquiera Vórtice. Lo único que pudo ver fue que alguien se había tomado la molestia de dejar su espada en una silla cercana. Gregorio se estiró ahogando un gemido de dolor y la agarró como si su vida dependiera de ello. Se apoyó en ella, como si fuera un bastón de madera y comenzó a dar pequeñísimos pasos en busca de respuestas.

Casi se cae de bruces al abrir la puerta de la enfermería de un empujón. Continuó dando tumbos por los desiertos pasillos de Craptalia hasta que se encontró con una sedonia de no más de unos diez años.

— ¿Qué haces aquí? —preguntó inmediatamente la sedonia—. La enfermera jefe me mandó a buscar las medicinas para su herida. Si ve que se ha ido se va a enfadar mucho conmigo. ¡Vuelva, por favor!

— ¿Qué está pasando? ¿Dónde está todo el mundo? —preguntó Gregorio, ignorando sus suplicas.

— ¡Es la guerra! ¡Los barlocks nos están atacando! —¡Bum, bam, bam!

— ¿Qué es ese ruido? —insistió el chico.

— ¡Son las bolas de fuego! ¡Las catapultas llevan horas disparando! Las murallas resisten, pero esto no tardará en llenarse de jóvenes moribundos. La enfermera jefe nos ha mentalizado bien acerca de todo lo que vamos a ver, pero yo sigo asustada.

– ¡Tengo que verlo! ¿Dónde está la salida? –Gregorio comenzó a caminar antes de escuchar la respuesta.

–Puedes bajar por aquellas escaleras y luego torcer hacia la izquierda hasta que encuentres el portón principal. Pero la jefa me va a matar si no vuelves conmigo ahora mismo.

–Lo siento, no le digas que me has visto.

El muchacho siguió caminando sin mirar atrás. Alguno podréis pensar que lo que le movía era la valentía y las ganas de convertirse en un héroe en la batalla, pero lo cierto era que en lo único en lo que conseguía pensar era en que sus amigos estuvieran sanos y salvos.

Fuera de la Crisálida de quince plantas, la situación pintaba aterradora. La seda de las murallas era la más dura que jamás habían fabricado. Dicen que es más dura que el acero, pero realmente no tiene mayores cualidades que la de resistir impactos y ser ignífuga. Las catapultas descargaban las enormes piedras en incesantes acometidas, mientras los sedonios intentaban guarecerse en los baluartes o detrás de las almenas. Los barlocks avanzaban en formaciones perfectas con sus afiladas lanzas y espadas y sus escudos hechos con caparazones de sedonios muertos. Los arqueros de ambos bandos arrojaban nubes de flechas y los *bramadores* arrastraban sus enormes y pesadas mazas de diez puntas.

Arturo estaba junto al portón, Formando parte de los doscientos lanceros que montaban en *cluciers*. El suyo era uno mucho más grande que el de los demás, está claro que uno normal no podría con su peso. Benito en cambio, estaba en la más exterior de las murallas, junto a sus compañeros arqueros.

La lluvia caía a la tierra como con rabia, como si con su fuerza quisiera borrar el rastro de tanta destrucción. La oscuridad de la noche cerrada solo era rota por las antorchas de los barlocks y el rastro rojo de las llameantes flechas de los sedonios.

Más de diez mil arqueros del reino de la seda intentaban repeler al invasor, pero no era suficiente. La marabunta que se les venía encima era de dimensiones incalculables. Cuando los barlocks llegaron a la muralla, comenzaron a alzar sus escaleras y acercaron sus torres de asedio.

El fuego de las catapultas y los trabuquetes se concentró en la parte este. Los *bramadores* esperaban ansiosos por esa zona a que se abriera la brecha para poder entrar y destrozar todo a su paso.

Era el momento de que los espadachines sedonios defendieran a los arqueros. Aunque lanzaron muchas de las escaleras de vuelta a la tierra, los barlocks volvían a alzarlas y no cesaban en su intento de sobrepasar las murallas.

La batalla seguía un cierto equilibrio, los barlocks subían, pero eran abatidos. Las flechas seguían volando desde todas partes de Craptalia, desde la primera línea hasta lo más alto de la crisálida. Pero la muralla exterior comenzó a desbordarse cuando las torres de asedio comenzaron a descargar su tenebrosa carga.

Los barlocks estaban invadiendo la primera de las murallas y los sedonios tocaron el cuerno de retirada justo cuando la parte este sucumbió al incesante ataque de las armas de asedio. Antes incluso de que el polvo asentara, los *bramadores* corrieron hacia la grieta, empuñando sus mazas. Esperaban poder entrar y destrozarlo todo usando su furia y fuerza bruta, pero lo primero que hicieron fue morir, al menos así lo hicieron cinco de ellos. Lo que entre la nube de polvo surgió, solo se puede describir como un ser muy parecido a un enorme cocodrilo, pero de aspecto mucho más horrible. A estos seres se les llamaba *cocogladios* y estaban de parte de los sedonios.

La lucha entre *bramadores* y *cocogladios* fue brutal, ninguno de estos seres era fácil de matar. Aunque la trampa de los sedonios les pilló por sorpresa, los barlocks seguían teniendo un mayor número y al final acabaron con ellos.

Benito estaba ahora en la muralla central. Más alta que la exterior y menos que la interior. Los *cocogladios* hicieron un buen trabajo y aunque el terreno que hay entre las defensas estaba inundado, los barlocks se estaban abriendo paso. Usaron los cuerpos de los *bramadores* muertos para ponerlos en la zanja y poder acceder a la muralla central, mientras las flechas seguían haciendo mella en los dos bandos.

Desde el interior de la Crisálida Gregorio se asomó a una pequeña ventana para poder sopesar la situación.

– ¿Qué haces aquí, muchacho? –sonó una voz tras él.

– ¡Anciano! ¿Eres tú? –Gregorio se sorprendió al volver a ver al que en cierto modo fue su primer mentor en estas tierras.

– ¡Claro que soy yo! No me has contestado. ¿Por qué no estás en la enfermería?

–Necesito saber en dónde están mis amigos.

–Están ahí fuera, junto con todo aquel que puede empuñar algún arma–dijo el anciano, mientras señalaba hacia el portón cercano con una mano.

– ¡Esto es absurdo! –exclamó Gregorio–. No íbamos a luchar, se supone que íbamos a volver a casa y nos desentenderíamos de todo esto. ¡La guerra se nos ha echado encima sin que nos diéramos cuenta!

– ¡Cierto! Pero ahora solo cabe sobrevivir un día más.

– ¡Yo debería estar ahí fuera con ellos! –añadió el chico mientras se sentaba en el suelo con cierta dificultad.

– ¡Mírate! –soltó el anciano–. Apenas puedes caminar... lo mejor será que reces a lo que quiera que sea que adoren los humanos como tú. ¡La suerte ya está echada para nosotros!

Algunos *bramadores* consiguieron escalar la muralla central. Entre los espadachines y los arqueros consiguieron repeler a la mayor parte de ellos. Mientras tanto, los barlocks se habían apoderado completamente de la muralla exterior y usaron sus escaleras para tender improvisados puentes que los llevaran a la muralla central.

Durante largas horas duró este tira y afloja bestial. Poco a poco, las armas de asedio comenzaron a destrozarlo todo. No importaba cuantos barlocks hubiera en el punto de mira, ellos serían los mártires de la causa. Piedra tras piedra, la muralla central comenzó a caer.

Los sedonio sabían que esto pasaría, así que el espacio entre las defensas central e interior, las inundaron de agua. La imagen fue como si una presa reventara. Mientras los sedonios se retiraban a la última línea de defensa, el agua brotó de súbito para anegar todas las tierras cercanas. Se ahogaron muchísimos barlocks y fueron pocos los *bramadores* que quedaron en pie, pero aun así el número seguía siendo mayor que el de sedonios.

Gregorio lo seguía viendo todo desde la pequeña ventana. No lograba ver ni rastro de sus amigos y conforme se acercaba el enemigo sus esperanzas iban menguando.

Después más horas de dura batalla, la última de las murallas acabó cediendo. El golpe fue brutal, la enorme piedra cayó en el lugar propicio para que todo saliera volando por los aires, incluido nuestro amigo Benito, el cual estaba a punto de rematar a un *bramador* moribundo.

Voló unos seis metros de altura y unos veinte de distancia. La última defensa había caído, los barlocks entraban corriendo y blandiendo sus poderosas armas y era el momento de que los lanceros a lomos de los *cluciers* entraran en combate.

Arturo fijó la mirada en Benito desde antes de que saliera despedido. A pleno galope, pasó junto a él y lo recogió. Había perdido el conocimiento, pero su amigo estaba con él. La horda corrió hacia el portón, mientras los lanceros acometían una y otra vez. Cada vez menos fuerte, cada vez con menos bajas. Desde lo alto, el aceite ardiendo cayó sobre los barlocks que intentaban abrir la puerta usando sus odiosas máquinas de guerra.

Poco a poco los lanceros fueron cayendo. Los cuerpos mutilados se amontonaban frente a la entrada. Por algún motivo, los barlocks dejaron de aparecer momentáneamente. El único movimiento que se veía era a Arturo y a Benito a lomos del poderosísimo animal. Lástima que el barlock de justo enfrente no estuviera muerto del todo, porque le bastó levantar su espada para segarle dos patas al pobre animal.

Los dos muchachos cayeron de bruces al suelo. Antes incluso de que Arturo pudiera darse cuenta de lo que estaba pasando, el barlock se le acercó reptando por detrás y le clavó un oxidado puñal en el muslo.

El dolor amenazaba con dejarlo sin conocimiento a él también, pero no podía permitírselo. Tanteó el terreno con la mano derecha y consiguió agarrar una espada medio rota del piso. Se giró, con una mano agarró la cabeza del barlock y la otra la usó para encajarle la espada entre dos costillas. El corte no pareció ser suficiente, porque el monstruo chillaba como loco, así que retiró la espada y de un solo movimiento consiguió cortarle la cabeza.

– ¡Allí están! –Gritó Gregorio–. ¡Lo estoy viendo!

El anciano se acercó a la ventana para poder mirar.

– ¡Abrid las puertas y traedlos aquí! –ordenó el anciano.

– ¡ALTO AHÍ! –el consejero del rey apareció de la nada–. ¡No podemos abrir las puertas! Si los barlocks consiguen entrar estaremos perdidos.

– ¡Pero si no hay ninguno! ¡Solo están ellos! –insistió Gregorio–. Solo necesitamos unos segundos para salvarles la vida.

– ¡Lo siento, muchacho! –replicó el consejero–. ¡Tus amigos son auténticos héroes y morirán por una hermosa causa! Gracias a ellos todos podremos seguir viviendo.

–Pero… ¡son mis amigos y están muriendo! –la voz se le quebró a la vez que una lágrima se deslizaba por su mejilla.

– ¡Lo siento mucho! –insistió el consejero–. ¡Las puertas no se abrirán!

Gregorio se giró y volvió a mirar por la ventana. Los barlocks atravesaban la brecha mientras gritaban furiosos. Arturo intentaba arrastrar a Benito hasta la seguridad de la Crisálida, pero la pierna no le respondía y el esfuerzo era sobre humano. Algo se rompió entonces dentro de Gregorio, puede que fuera rebeldía, puede que fuera locura. Pero sin saber cómo, se escurrió por la pequeña ventana.

Antes de darse cuenta se encontraba dando tumbos hacia sus amigos. Arturo levantó la mano de Benito, al verlo llegar, con la intención de que tirara de él y al menos dos de ellos se pudieran salvar. Pero Gregorio hizo caso omiso.

Empuñaba su espada con fuerza, como si fuera una prolongación de su cuerpo, tenía los ojos muy abiertos, todo detalle era importante, el corazón desbocado y la mente completamente en blanco. Realmente no sabía lo que quería conseguir interponiéndose entre la horda enemiga y sus amigos, pero no podía verlos morir y no hacer nada para evitarlo.

El instinto de Arturo le hizo seguir tirando de Benito para poder ponerlo a salvo, aunque Gregorio sabía que esas puertas jamás se abrirían. Los barlocks se acercaban y la seda de su espada comenzó a brillar. El primero llegó corriendo y no le fue difícil ensartarlo sin más. Los tres siguientes fueron más cautos, el humano estaba mal herido, no tenía fuerzas y ni siquiera llevaba armadura, pero acababa de matar a su compañero de un solo movimiento.

En esta contienda, la seda fue vital. Gregorio apenas podía moverse, pero aun así fue más rápido que ellos. Los arqueros rebasaron los escombros y se prepararon para descargar. Gregorio usó la seda para coger dos escudos, uno para cubrirse él mientras peleaba y otro para proteger a sus amigos. Lo cual dejaba la seda inutilizada y eso lo llevaría a una muerte muy dolorosa.

Los barlocks continuaron su ataque. Esta vez un grupo de seis. Tal fue la necesidad del chico, que de la espada comenzaron a brotar dos nuevas ramificaciones de seda. Las flechas caían de todas partes, el esfuerzo físico estaba dejando exhausto al muchacho y esos dichosos barlocks eran duros de matar.

Cuando les dio muerte a todos, se tomó un segundo para tomar aliento. Los barlocks lo miraban atónitos. Y no eran los únicos. Arturo había cesado en su intento de que la puerta se abriera, por fin lo había entendido. Dentro de la crisálida el anciano y el consejero discutían sobre si se debía rescatar a los humanos, mientras el resto de los soldados sedonios vivos corrían al portón principal para ver que estaba pasando.

– ¿Qué está pasando? –preguntaba uno.

– ¡El humano…! ¡Ha conseguido dividir la seda de su espada! –contestaba otro.

– ¿Y qué pasa con eso? ¿Es difícil? –volvía a preguntar el primero.

– ¡Solo ha pasado una vez! –saltó un tercero–. ¡En la época de la reina de jade!

– ¿La reina de jade? ¡Es verdad, conozco la historia!

– ¡Van a morir todos! –gritaba a lo lejos el anciano.

– ¡Ese no es nuestro problema! –replicaba el consejero–. ¡Debemos proteger a la ciudad!

La seda de la espada de Gregorio se dividió en ocho partes cuando los barlocks decidieron atacarle en un grupo de diez. El esfuerzo estaba resultando ser sobre humano y finalmente el muchacho calló de rodillas sobre la montaña de enemigos muertos.

La acelerada respiración se le entrecortaba, el agudo dolor de la barriga le estaba más presente que nunca, los barlocks habían logrado hacerle múltiples cortes superficiales y se estaba desangrando poco a poco. No le quedaba mucho tiempo de vida y era consciente de ello. Hizo el esfuerzo de mirar atrás y comprobó que su sacrificio no iba a servir de nada. Allí estaba sus dos amigos, sabía que en cuanto el muriera, ellos dos caerían y por eso mismo seguía resistiendo.

De repente, los barlocks hicieron un pequeño hueco en su formación. De la nube de polvo surgió el enorme barlock que Gregorio vio en la madriguera y en la montaña de los moradores. Aun llevaba su armadura con la imagen de un ser milenario y cargaba con dos enormes hachas de guerra chorreantes de sangre sedonia. Se acercó decidido hacia su siguiente víctima sin reparar en la montaña de cadáveres que él humano había creado en un momento.

Gregorio hizo el esfuerzo de volverse a poner de pie, pero no le quedaba esperanza alguna en su corazón. El barlock resultó ser un magnífico contrincante. Su fuerza era descomunal y su gran tamaño le daba una gran ventaja. El muchacho se limitó a intentar esquivar los continuos ataques. Pero el barlock acabó pillándolo y del golpe que le dio con el mango de una de sus hachas, lo hizo volar cuatro metros.

Gregorio estaba tirado en el piso, y el barlock se acercaba con paso decidido.

– ¡Has sido un rival digno! –rugió–. ¡Has matado a mucho de los míos y ahora vas a morir! –un escalofrío recorrió el cuerpo del muchacho–. ¡Muéstrame tu cuello y te daré la muerte rápida que todo soldado debería tener!

A Gregorio no le pareció tan mala idea. Acabar con el dolor de una vez por todas, simplificarlo todo, dejar de luchar. Él había hecho todo lo que estaba en sus manos, y ahora le tocaba pagar. Le ordenó a la seda que lo ayudara a ponerse de rodillas y extendió su cuello. El barlock alzó una de sus hachas y se dispuso a darle el golpe de gracia. Pero el muchacho siguió pensando y quizá aún le quedaba cosas pendientes. Pensó en Marcela, pensó en su amor por ella y que podría tener una larga vida junto a ella, pensó en los hijos que no habían tenido y en toda sabiduría que jamás les podría transmitir, pensó en sus amigos presentes y en todas las tardes que aún le faltaba por disfrutar con ellos.

Mientras el hacha bajaba decidida, Gregorio decidió que no era el momento, decidió vivir, aunque solo fuera unos segundos más. Ordenó a la seda que lo dejara caer y el arma pasó de largo sin rebanarle el cuello. Acto seguido hizo acopio de todas sus fuerzas restantes para poder usar la seda a modo de resorte y dar un brinco de dos metros de altura y clavar su espada en el cráneo del barlock.

Gregorio se quedó colgando, mientras sujetaba la espada. El barlock aguantó, pero acabó cayendo inerte. El muchacho quedó completamente agotado y no recordó nada más de la batalla.

Lo que pasó después fue que los barlocks cargaron llenos de odio y rencor, pero el anciano consiguió que las mermadas tropas abrieran las puertas y recogieran a los humanos. Hay que decir que para ello el consejero se llevó un buen golpe de bastón en la cara. Las puertas se volvieron a cerrar y el asedio de la crisálida continuó.

Todo parecía estar perdido, cuando llegaron los sedonios de los diez sectores que faltaban. Eran mil soldados a lomos de *cluciers*, aprovecharon la incertidumbre para capturar las catapultas y los trabuquetes que estaban en las colinas chillonas. Dirigieron el ataque de éstas hacia el resto de las armas de asedio y luego hacia los barlocks que quedaban. Para cuando se dieron cuenta ya era demasiado tarde. Se batieron en retirada y gran parte de ellos no llegaron muy lejos. Les dieron caza y acabaron con la amenaza.

Capítulo 11

Aunque no perdió la conciencia del todo, no tenía fuerzas para reaccionar. Fue consciente de que pasó semanas en la enfermería, fue consiente que sus amigos estaban en camillas cercanas, junto a decenas de soldados más. Poco a poco, Benito y Arturo sanaron sus heridas, pero Gregorio no mejoraba.

Un día, Arturo no lo aguantó más y agarró a la enfermera por uno de sus escamosos brazos.

– ¿Por qué no reacciona? –preguntó desesperado–. ¡Esos sueros no hacen nada! ¿Hay algo que podamos hacer por él?

– ¡Suéltame! –chilló alarmada la enfermera–. ¡Sólo se puede esperar! ¡Ha perdido mucha sangre y…! –la muchacha miró a Gregorio y luego a Arturo otra vez. Se mordió el labio como conteniéndose y luego volvió a hablar–. ¡Hay una cosa!

– ¡Dinos! ¡Lo que sea! –saltó Benito. La enfermera miro hacia atrás, comprobando que nadie podía oírla.

– ¡Ahora no! Volveré a media noche–musitó. Arturo asintió y volvió a sentarse junto a su amigo sin decir nada más.

Los muchachos, hambrientos, no tardaron en bajar a las cocinas a buscar algo de comer. El ambiente en Craptalia estaba caldeado. Los soldados estaban desmantelando la ciudad empezando por las plantas más altas, mientras que el rey y su séquito andaban atareados ideando estrategias para reconquistar el terreno perdido.

Cada día llegaban nuevas noticias de que alguna zona había sido devuelta al reino. Lo cierto es que a estos humanos les quedaban pocas ganas de batallas. Solo querían que Gregorio se recuperara para poder volver a casa todos juntos.

Entonces fue cuando pasó. Arturo le había echado el ojo a un plato de algo que parecía ser pollo con salsa cuando la algarabía se adueñó del lugar.

– ¿Qué pasa? –gritó Benito a un sedonio que corría como loco.

– ¡No lo sé! Pero han llegado noticias importantes. Están todo yendo hacia el salón del trono.

Benito agarró a Arturo, el cual ni siquiera pudo probar su prometedor plato, y salieron disparados. Cuando llegaron, los sedonios se empujaban torpemente para intentar ver algo. Un soldado sudoroso y sin aliento estaba arrodillado ante el rey.

– ¿Qué noticias traéis, soldado? –el rey masticaba las palabras con elegancia.

– ¡Es el rey de los barlocks, alteza! ¡Ha muerto! –la cautela de los sedonios les obligaba a guardar un silencio sepulcral.

– ¿Qué ha pasado? –El rey se levantó del trono y dio un pequeño paseo alrededor de él. Sin duda no quería que nadie notara la emoción en su rostro.

–Su corazón ha fallado. ¡Ha muerto de viejo! –Exclamó el sedonio.

La furia contenida estalló entonces. Los soldados comenzaron a gritar, saltar, abrazarse y a vitorear. Primero en la sala y a continuación en el edificio, luego en la ciudad y finalmente en todo el reino.

– ¿Alteza? –insistió el soldado–. ¿Alteza? –el bullicio no lo dejaba hablar. Mientras, el rey esbozaba una sonrisa victoriosa. Cuando los soldados bajaron la voz, el sedonio volvió a hablar–. Alteza, ¿Quiere decir que se ha acabado la guerra? ¿Qué haremos con los barlocks? ¡Nos desafiaron, mataron a nuestros hermanos, intentaron aniquilarnos por completo! Y lo más importante, ¡Aún queda un heredero en el reino de los barlocks!

El proyecto de sonrisa se borró de la cara del rey. El soldado tenía razón, aún quedaban asuntos por resolver. Un tratado o un exterminio… pero las cosas no se podían quedar así. Además del asunto de los moradores. Eran neutrales hasta que los barlocks tocaron a sus puertas. ¡Muchos cabos sueltos!

– ¡Consejero! –reclamó el rey.

– ¿Sí, Alteza?

–Reúne a los notables de la ciudad. Hay algo que debemos solucionar.

Sin decir nada más, el rey desapareció por una puerta trasera. Una larga fiesta comenzó entonces, una fiesta que duraría una semana entera. Pero eso es adelantar demasiado.

A las doce menos diez, Arturo dormía junto a la cama de Gregorio con un ojo abierto. Benito estaba un poco más allá, pero tenía los dos cerrados. Así que no se enteró de nada.

La enfermera se deslizó con sigilo y tocó a Arturo por la espalda.

– ¡Hola! –realmente no lo dijo, pero hizo el movimiento con la boca y se entendió perfectamente.

– ¡Hola! –respondió Arturo exaltado.

–Por la tarde me preguntaste si había algo que pudieras hacer para salvar a tu amigo.

– ¡Sí!

–Pues bien, hay algo. Pero no es del todo legal y si descubren que yo te lo he dicho…

– ¡Tranquila! ¡No se lo diré a nadie!

– ¿Sabes lo que es el manantial mágico?

–Sí, algunas historias he escuchado.

–El agua que de allí brota tiene cualidades milagrosas. Pero después del asunto de lo *bramadores* han prohibido que nadie se acerque a la zona. Creen que, de algún modo, los barlocks han estado robando el líquido. Y no descartan la posibilidad de que algún sedonio haya llegado a algún tipo de trato con ellos. Por lo que cualquiera que se acerque será considerado enemigo y morirá en el acto. Pero es un desperdicio. Hemos perdido a muchos soldados en estas camillas los últimos días y no puedo evitar la idea de que con la ayuda del agua mágica muchos se habrían salvado. Tu amigo incluido.

– ¿Y qué podemos hacer mi amigo y yo? ¡Necesitamos esa agua!

– ¡No lo sé, pero alguien tiene que hacer algo! –Arturo y la enfermera se miraron unos segundos. Luego ella hizo un gesto indefinido de despedida y desapareció en las sombras de la noche.

Al día siguiente, Arturo llevó a Benito a un lugar apartado y le explicó lo sucedido.

– ¿Qué podemos hacer? –preguntó Arturo.

–Por lo que veo hay dos opciones: convencer al rey de que levante la prohibición o saltarnos las normas y traer una jarra de agua para Gregorio.

– ¡Exacto! ¿Y Cuál crees que es la mejor idea?

– ¡No lo sé! Últimamente el rey siempre está ocupado con los asuntos de la guerra y no sé si conseguiríamos que nos recibiera. Por otro lado, si nos descubren quebrantando la ley… ¡cualquiera sabe qué harían con nosotros!

Los muchachos se pasaron todo el día intentando buscar al rey, pero era muy complicado localizarlo porque andaba de un lado para el otro, ocupado en sus deberes.

Aun debatían sus posibilidades cuando vieron a Vórtice. Se estaba comiendo un pan mohoso del piso y no se dio cuenta de que Benito y Arturo se acercaban. Desde que llegaron volando de la montaña, el pequeño perro de seda había pasado los días junto a *Trepador*. Los muchachos pensaron que la enfermería no era un buen lugar para el sedonio, su hermano estaba muy ocupado en el ejército y apenas tenía tiempo para él, así que pensaron que el can sería una buena protección.

– ¡Eh, Vórtice! –llamó Arturo. El cánido giró ciento ochenta grados y se convirtió en un torbellino de alegres lametones–. ¡Tranquilo, tranquilo! ¿Dónde está *Trepador*?

El perro asintió dos veces dio dos vueltas y media sobre sí mismo y se echó a correr. Los muchachos lo siguieron a toda prisa por los complicados caminos de Craptalia. No tardaron en llegar a una plaza descubierta. El pequeño sedonio estaba sentado en un banco él solo mientras se miraba la suciedad de las patas. Él también se alegró al verlos, se puso en pie de un salto y corrió a saludarlos.

– ¡Hola! ¿Cómo estáis? –preguntó–. ¿Y Gregorio? ¿Está mejor? ¿Puedo ir a verlo ya? Mi familia aún tardará en venir a buscarme un par de días más y me siento un poco solo.

No creeríais que *Trepador* solo tenía un hermano ¿Verdad? Pensad que cada sedonia pone cientos de huevos de una sola vez.

–Aún no se ha recuperado–anunció Benito–. Pero estamos pensando un pequeño plan.

– ¿Plan? ¿Qué plan? –los ojos de *Trepador* se inundaron de ganas de emprender una nueva aventura.

—Nos han dicho que puede que el agua del manantial mágico le ayude, así que necesitamos saber en dónde está, ir y llenar una botella para traérsela.

– ¿Puedo ir con vosotros? –preguntó el joven, entusiasmado.

– ¿Sabes en dónde está? –preguntó Arturo.

—No–susurró como temiendo la siguiente respuesta.

—Entonces… –comenzó Benito.

De repente se quedaron en silencio. La fanfarria precedió a los soldados, los consejeros y al mismísimo rey. El cuál, iba montado en un cómicamente obeso *clucier* que iba dando cortos y perezosos pasos.

Todos se detuvieron a observar la escena. Los hijos de la seda aplaudían y vitoreaban, algunas sedonias arrojaban pétalos de rosas por todas partes y una gran cantidad de músicos armaban una enorme algarabía.

Sin previo aviso, todos se detuvieron.

– ¡ALTO! –el rey alzó su voz. Todo el mundo lo miró deseando descubrir qué lo había importunado–. ¿Consejero?

– ¿Sí, alteza? –dijo saliendo de la nada.

– ¿Aquellos de allí son los dos humanos?

– ¡Sí, Alteza!

– ¡Humanos, venid conmigo!

Los muchachos no rechistaron. Caminaron al lado del rey, en lo que resultó ser un recorrido alrededor de toda la ciudad para comprobar el estado de la misma.

– ¿Cómo te llamabas, humano? –preguntó el rey después de unos metros.

—Benito, alteza.

– ¿Y cómo está vuestro amigo el que luchó cómo un tigre aco-rralado en el portón de la ciudad?

– ¡Lo cierto es que no se recupera! –continuó Benito–. ¡Teme-mos por su vida!

– ¡Es una pena! –el rey frunció el ceño–. Esta vuelta por la ciu-dad es algo tedioso. Mis consejeros insistieron en que el pueblo necesita-ba ver que su rey está con ellos en los momentos más complicados y que a partir de ahora todo irá a mejor, pero es realmente aburrido. Ni siquiera se puede hablar con tranquilidad. Haremos una cosa, dentro de una hora id los dos a mi sala de reuniones. Preguntad a cualquier soldado del pala-cio. Allí hablaremos, creo que es hora de saldar cuentas.

La marcha paró un segundo, los muchachos hicieron una reve-rencia, se separaron del grupo y el algarabío continuó adentrándose por las calles de Craptalia.

– ¿Qué crees que quería decir con eso de saldar cuentas? –preguntó Arturo.

—Creo que da por hecho que Gregorio no se recuperará y que es hora de que nos proporcione un barco con el que poder volver a casa–explicó Benito.

– ¿Qué pasa con Gregorio? –inquirió Arturo.

—No lo sé, pero si el rey no aprueba la idea de ir a buscar el agua al manantial mágico tendremos que ir pensando en un plan para hacerlo por nuestra cuenta.

– ¡Parece arriesgado! ¿Qué pasa si nos descubren?

—Que Gregorio muere–sentenció Benito.

Justo una hora después, los muchachos ya llevaban media espe-rando en la sala de reuniones. Los asistentes de palacio les habían llevado unas jarras de licor de miel y aperitivos varios. Entre ellos, había un surtido amplio de escarabajo peloteros y libélulas del pantano, además de pinchitos de caracoles crudos (con caparazón y todo). *"Están ricos y tienen mucho calcio"* Había dicho una sedonia al servirlos.

El sonido armonioso de las trompetas precedió al rey del reino de la seda y señor de Craptalia. Las puertas se abrieron de par en par, entró y las volvió a cerrar de golpe y porrazo. Se dedicó unos segundos para mirar al suelo y resoplar, luego avanzó hacia su trono, sin mirar a los humanos y comenzó a hablar.

– ¡Están muy contentos por la victoria, pero no me dejan solo ni un segundo! ¡Tengo que ir a todos lados escuchando esa horrible música! ¿Acaso alguien me ha preguntado si me gustan las trompetas? ¡Yo usaría flautas o tambores, pero…! –el rey se llevó una mano a los ojos, apretó levemente, como queriendo alejar las jaquecas de su cabeza–. Bueno… ¡Vayamos al grano! Esta batalla ha sido decisiva para ganar la guerra. Mis espías me han informado de que hemos acabado con más del ochenta por ciento del ejército de los barlocks, sus fuerzas están mermadas. Aunque la muerte de su rey sea un duro golpe para ellos, aún les queda un heredero. Sino extirpamos este tumor de raíz ahora, volverá en unos años para atormentarnos. Por el momento, nombraran a su tío *Miriadón* protector del trono hasta que el joven sea mayor.

– ¡No lo entiendo! ¿Qué tiene todo esto que ver con nosotros? – preguntó Benito.

– ¿No veníamos a hablar de nuestro barco? –saltó Arturo.

– ¡Cada cosa a su tiempo! –exclamó el rey–. Hemos conseguido hablar con *Miriadón* y hemos acordado firmar un tratado de paz que ponga fin a todo esto a golpe de pluma. Pero la paz tiene un precio, la paz a cambio de la vida del heredero.

– ¡Alto ahí! –espetó Arturo–. ¡Nosotros no vamos a matar a ningún niño, por muy barlock que sea!

– ¿Qué? ¡Oh, eso no tiene nada que ver con vosotros! La orden está dada y los soldados están en camino. Por supuesto lo ejecutaremos aquí, en la plaza central.

Arturo y Benito no daban crédito a sus oídos. Cada palabra que salía de la boca del rey les hacía arrepentirse más y más de haber luchado en ese bando y no en el otro. ¿Matar a un niño en mitad de la ciudad como si fuera un delincuente? ¡Ni hablar! Antes de la guerra los sedonios eran seres tranquilos y amables, ahora ansían la sangre y la destrucción de sus enemigos. El delicado equilibrio de la isla se había roto y todo indicaba que las heridas no iban a cerrarse fácilmente.

–Vosotros estáis aquí porque sin vuestra ayuda nada de esto habría sido posible–continuó el rey–. Habéis luchado con coraje, habéis derramado vuestra sangre en nuestra tierra y habéis perdido a uno de los vuestros por la causa…

– ¡Aún no está muerto! –corrigió Arturo.

– ¿Qué? ¿No? –el rey esbozó una leve sonrisa de cortesía–. ¡Mucho mejor, sin duda! El caso es que creo que vuestros servicios han pagado con creces el precio que pedíais y he pensado que pronto podríamos empezar a construir vuestro transporte marino. No hace falta que os diga que nosotros no tenemos ni idea de por dónde empezar, así que agradeceríamos que os presentéis en el almacén que está al lado de la serrería en donde os espera un ingeniero. Él os fabricará lo que le pidáis, por extravagante que sea. Cuando todo esté listo, decidle que me avise y yo os haré llamar. No quisiera que os fuerais sin despediros. Podríamos hacer una fiesta que dure cinco días con sus cinco noches. ¿Qué os parece?

En lo último en lo que podían pensar en esos momentos Arturo y Benito era en fiestas y barcos. Había un asunto que les acaparaba toda la atención.

–Nos parece perfecto–la voz de Benito salió seca y dura, era como la que usaba en el mercado para vender un escuálido pez muy por encima de su precio—, pero lo cierto es que necesitamos un favor de su alteza.

— ¿De qué se trata? ¡Si está en mis manos haré lo que sea menester! —escuchar eso alivió la presión de los muchachos.

— ¡Necesitamos ir al manantial mágico para llenar una jarra y dársela a nuestro amigo para que consiga mejorar! —dijo Benito.

— ¡Imposible! —le cortó el rey.

— ¡Pero usted dijo…! —saltó Arturo.

—Dije que haría todo aquello que estuviera en mis manos y eso no lo está.

— ¿Por qué?

—Porque no queda ningún manantial—a los muchachos se le erizaron los pelos de la nuca. ¿De qué estaba hablando el rey? ¿Qué había pasado en ese lugar? ¿Acaso nunca había habido ningún líquido mágico? ¿Una treta para tener al pueblo contento? ¡Pero su seda es realmente increíble y los *bramadores* estaban vivos gracias a ella! —. Digo que no queda ningún manantial, porque los barlocks han construido un túnel que va desde ese lugar tan preciado para nosotros hasta lo más profundo de una de sus madrigueras. Tardamos en darnos cuenta, robaban nuestra agua directamente de la fuente y la usaron para crear esas bestias. Pero estamos resolviéndolo. El contingente que he mandado a por el heredero ha usado el túnel para entrar. Harán su trabajo y una vez que vuelvan con nosotros, sellaremos la abertura para que el manantial vuelva a la normalidad.

—Pero no tenemos mucho tiempo, necesitamos…—comenzó Arturo.

— ¡Ya sé lo que necesitáis! —dijo el rey mientras se levantaba. Anduvo hacia unos grandes armarios del fondo de la sal, abrió una de las puertas y volvió a hablar—. ¡Agua mágica!

Lo que sacó del armario fue un bote que contenía un litro de ese líquido maravilloso. Volvió a la mesa le dio el bote a Arturo y volvió a sentarse.

—Dádselo a quien le esté tratando y decidle que yo os la he dado para el tratamiento de vuestro amigo. No creo que tengáis ningún problema en ese aspecto. Bueno, a no ser que vuestro amigo muera, claro— el rey soltó una gran risotada, pero al ver que a los humanos no les hacía gracia se puso un poco más serio—. ¿Algo más?

—No, alteza, creo que eso es todo—anunció Benito.

—Bueno, pues salid de aquí, estoy muy cansado y quisiera dormir un poco antes de seguir con los asuntos de la corona—los muchachos se levantaron y se dispusieron a irse en un torbellino de reverencias y agradecimientos—. ¡Acordaos de ir al almacén uno de estos días, el ingeniero estará esperando!

—Sí alteza, muchas gracias alteza—los dos al unísono.

Capítulo 12

Al tercer día de tratamiento, Gregorio despertó. Aunque sus amigos estaban muy ocupados con la construcción del barco rara vez estaba a solas. El pequeño Trepador estuvo con él los primeros días, pero su familia llegó a la ciudad y se lo llevaron con él. Antiguamente vivían cerca del sector veinticuatro, pero por el momento estaban durmiendo en la parte más alta del barranco del cuervo. Vórtice decidió quedarse con Gregorio, sirviéndole también de compañía. Había mucha gente de paso, muchas historias que escuchar, mucha gente que quería ver al gran héroe. Pero cuando la oscuridad llegaba y la enfermera echaba a todo el mundo como si los estuviera barriendo con la escoba, oía sus pensamientos con mucha más fuerza.

Lo cierto es que con todo el jaleo que se había montado desde que salió del puerto de Isla Verina había asumido todo lo que le había pasado sin permitirse mirar atrás. Ya era bastante complicado entender el presente y mucho más planificar un futuro en el que sus amigos y él siguieran con vida. Se había sentido esclavo de esta gente, un mercenario con mal sueldo y pocas probabilidades de volver. Pero ahora todo estaba cambiando. Los sedonios los veneraban por su coraje, el barco estaba ya en proceso y todo había salido medianamente bien. Ahora que el futuro estaba más o menos claro, ¿Qué pasaba con el pasado?

Habían pasado muchos meses desde el verano, ni siquiera sabía decir cuántos. Todos en Isla Verina debían pensar que estaban muertos, Marcela incluida. Las cosas ya eran un poco complicadas entre ellos antes de todo esto. A la conclusión que quería llegar era a si Marcela le estaría esperando. Y si lo había hecho… ¿qué había decidido acerca de contárselo todo al padre de ella?

Durante las noches siguientes, tuvo muchísimas pesadillas extrañas en las que llegaba a su hogar. En una ocasión la encontraba muerta cerca del estanque en el que solían quedar a escondidas, en otra llegaba y ella ni siquiera se acordaba de él.

Estar allí encerrado estaba haciéndole perder la cabeza. No podía quedarse allí sin hacer nada, así que cuando nadie miraba intentó levantarse. Parecía un viejo, débil y escuálido, había perdido volumen en las piernas y brazos, y apenas conseguía mantenerse erguido. Vórtice intentó tirar de él para que volviera a la cama, pero el chico estaba decidido a ir a dar una vuelta y tomar un poco el aire. El pequeño cánido no insistió más, tampoco quería hacerle resbalar y que se partiera un brazo.

Si Gregorio había esperado encontrarse cara a cara con un día hermosamente soleado se podía haber llevado un chasco, porque las nubes eran oscuras, el viento frio y unas pequeñas gotas anunciaban que el tiempo no iba a mejorar.

De camino a la plaza, un aciano le había cedido amablemente un viejo bastón. Al principio, el muchacho se negó, pero el señor le dijo que tenía muchos más en su casa y que para él sería un honor que le aceptara el regalo. Lo cierto es que resultó ser de gran ayuda cuando todo ocurrió.

Los sedonios gritaban y corrían hacia la plaza como locos.

– ¿Qué está pasando? –logró preguntar Gregorio a un sedonio que pasó junto a él.

– ¡Lo han traído y lo van a ejecutar! –contestó sin parar de correr.

– ¿A quién? –gritó más fuerte a causa del algarabío.

– ¡Al heredero del rey de los barlocks! –concluyó.

Gregorio aceleró el paso. Estaba a punto de ver una ejecución pública. Hace unos meses la idea le habría parecido horrible, pero ahora… las cosas habían cambiado. Una última muerte más y todo se acabaría. ¿Qué más da que solo sea una cría? ¡Lo único que le interesaba en esos momentos era volver a casa!

Anduvo unos cien metros más hasta que llegó a donde se concentraba la turba. Pudo ver al rey dando un discurso aburrido acerca de la lealtad, el honor y la justicia. También había un sedonio grande con cara de muy pocos amigos sosteniendo al que seguramente sería el heredero. Gregorio no conseguía verlo con claridad, pero estaba claro que no era más que un bebé. Luego miró hacia donde el soberano señalaba, en lo alto de una gran pica estaba clavada la cabeza de un horrible barlock. El monarca anunció que era el traidor rey de los barlocks y todo el mundo empezó a aplaudir y vitorear. La imagen era dantesca, un odioso caos de animales sedientos de sangre. El rey dio una orden al verdugo, el cual avanzó, sujetó al bebé en lo alto y sacó una pequeña daga.

En medio del caos, Gregorio consiguió ver que detrás de todos ellos, los sedonios agarraban a una mujer que gritaba desesperada. Durante un segundo no pareció darse cuenta de la gravedad del asunto. No digo que fuera una mujer sedonia ni hembra de barlock, era una mujer humana la que gritaba porque estaban a punto de matar a su hijo.

El verdugo bajó al bebé y lo puso en un tocón de madera y alzó la daga. Eso ya fue demasiado para Gregorio, el cual pudo comprobar al resbalarse la toalla que envolvía al niño que ese ser tenía mucho más de persona que de cualquier otro animal. Comenzó a apartar a la gente desesperadamente mientras se acercaba al centro de la plaza. Mientras tanto, el verdugo hundió la daga en el hombro de su víctima, el niño lanzó chillidos de dolor y el rey continuaba hablando.

—Verteremos la sangre de este niño en este cáliz para que quede constancia en la historia del poder de la sangre que a punto estuvo de exterminarnos, pero que nosotros con tanto coraje y valor conseguimos repeler.

Y eso hizo el verdugo. Inclinó al niño para que la sangre cayera en el cáliz y luego volvió a dejar al niño en su sitio y a levantar la daga esperando la orden de su señor. Gregorio andaba lo más rápido que podía, pero había demasiados sedonios y apenas se oían sus gritos de súplica.

— ¡Ahora, pongamos fin a la agonía del barlock! –sentenció el rey–. ¡Acabemos con la guerra, con su dinastía y con su vida de una sola vez! ¡Este acto no es de crueldad, sino de amor! ¡Amor a la paz, amor a los nuestros, amor… a la justicia!

Esa fue la señal, el verdugo agarró con fuerza la daga y se dispuso a hundirla con todas sus fuerzas.

— ¡NOOOOOO…! –gritó Gregorio al llegar cerca del rey. Todo el mundo quedó en silencio y dos guardias desenfundaron sus espadas y apuntaron con ellas al vientre del muchacho. Por otro lado, el verdugo paró en seco su estocada a la espera de una confirmación de su rey–. ¡Esperad!

— ¿Cuál es el problema muchacho? –saltó el rey.

— ¡Alteza… os lo ruego! –Gregorio intentó dar un paso adelante, pero los guardias se pusieron nerviosos.

— ¡Tranquilos, soldados! Dejadlo pasar. Parece tener algo que decir.

Así era el rey. Perfecto en los modales, pero despiadado a la hora de impartir justicia. Gregorio no se había olvidado de que cuando lo conoció a punto estuvo de mandarlos a los tres a ejecutar.

Los soldados se echaron a un lado y Gregorio fue junto al rey.

–Alteza, desearía pediros algo, un favor personal.

— ¡Habla, te escucho!

Gregorio se giró hacia la multitud y habló muy alto para que todo el mundo le escuchara:

—Todos me conocéis. Mis amigos y yo llegamos a esta isla hace bastante tiempo, por error. Aceptamos luchar en vuestra guerra a cambio de un transporte con el que volver a nuestro hogar. Derramamos nuestra sangre en vuestras tierras por defender vuestras vidas y las de vuestras familias. Todos sabéis que hemos pagado con creces el precio que demandábamos. ¡Muchos de vosotros estáis aquí ahora mismo por el coraje que los humanos hemos demostrado en la batalla de Craptalia! Y no creo que sea de locos pediros un último favor.

— ¿Qué quieres? —gritaba uno.

— ¡Pide y te lo daremos! —gritaba otro.

—Lo que pido es que dejéis que me lleve conmigo en mi viaje de vuelta al pequeño heredero del reino de los barlocks—el silencio más absoluto se apoderó del lugar.

— Pero ¿qué dices? —gritó un tercero.

— ¡La criatura debe morir! —gritó el primero de todos.

— ¡No es necesario que muera! —continuó Gregorio—. Si viene conmigo al lugar del que yo procedo la maldad de su sangre jamás volverá a tocar esta isla. Será un exilio, un destierro sin retorno. Es el único precio que pido por haber ayudado a salvar vuestra civilización.

Los insultos y algunos gritos de odio se siguieron escuchando hasta que el rey intervino.

— ¡Vale, vale, calmaos! —proclamó, luego pensó durante un segundo y volvió a hablar—. Es cierto que los humanos se merecen un último premio. ¿Esta es tu única petición? ¿Llevarte al niño contigo en tu barco?

Gregorio no era un buen negociador, Benito era quien se encargaba de eso en el mercado, así que estrechó la mano del rey sin más, como si no quisiera que se le escapara la ocasión y acto seguido sintió que algo se le había olvidado por completo.

– ¡Esto es perfecto! –dijo el rey mientras el verdugo entregaba a Gregorio el niño con el hombro aun sangrándole–. Hoy satisfaremos a un héroe, y el pueblo saciará su sed de sangre.

Gregorio lo entendió un poco antes de que el rey terminara de decirlo. Sin mirar atrás, pero con el semblante duro como el de quien acaba de perder su partida de ajedrez, Gregorio abandonó la plaza a empujones.

Lo que sucedió después no es digno de contar, después de unos minutos lo único que quedó en aquel lugar fue el cadáver de esa mujer suplicante y un enorme charco de sangre a sus pies. ¿Eso era amor a la justicia? ¡Eso no era más que pura demencia!

Gregorio pronto llegó a la enfermería, en donde le dijo a la enfermera que curara al bebé. Había perdido mucha sangre para alguien tan chiquitito y la preocupación era considerable. Cuando ella le coció la herida, Gregorio no pudo evitar pensar que la forma del corte era parecido a una luna menguante. Una luna extrañamente hermosa. El infante miró directamente a los ojos al muchacho y por un segundo pareció que le estaba dando las gracias. O al menos eso le pareció al marinero.

La mayor parte de los días siguientes se los pasó ordeñando ovejas en las colinas chillonas (para dársela con un biberón de seda impermeable) y cuidando del bebé. También ayudó a sus amigos en la construcción del barco, el cual estaba tomando forma y comenzó a reunir alimentos para el viaje de vuelta. Cuando no estaba en la enfermería con el niño, se encargaba de cuidarlo la enfermera que instó a Benito y Arturo a conseguir agua mágica para curarlo. También tengo que decir, que el modelo que los muchachos habían optado por construir no se parecía en nada al cochambroso barco de vapor que tenían antes. Este era una enorme goleta de tres mástiles y numerosas velas. Un barco realmente precioso.

El tiempo pasó deprisa, pronto todo estuvo preparado y fue entonces cuando dio comienzo la fiesta de cinco días y cinco noches. Un evento espectacular en el que todo el mundo, bailó bebió y disfrutó más de la cuenta. Incluso algunos sedonios (tanto machos como hembras) se vieron con las maletas en las calles por culta de tanto descontrol. Pero no temáis, ellos se emparejan de por vida por naturaleza y sus peleas no suelen durar mucho tiempo.

También hubo un acto público en el que se les entregó a los humanos unas medallas al coraje y una estatuilla con forma de libélula, de color azul cristalino.

—La libélula representa la libertad en nuestra cultura—les dijo el consejero del rey al hacerles la entrega—. Y vosotros habéis ayudado a que nuestro pueblo siga siendo un pueblo libre y feliz. Por ello os damos las gracias y os decimos que siempre estarán abiertos nuestros capullos para vosotros. Os deseamos suerte en vuestro viaje y felicidad en vuestro destino.

Ésa solo fue una de las muchas intervenciones que hubo durante la noche. El acto en si fue largo pero muy emotivo, en parte porque los muchachos se habían dado cuenta de que este pequeño pueblo les había llegado a tocar muy dentro y era posible que jamás volvieran a este lugar tan maravilloso.

La botadura del barco dio unos cuantos problemas, pero nada que no pudieran solucionar con la ayuda de los humanos. Aunque el casco quedó un poco rallado. Muchos sedonios acudieron al muelle improvisado para despedirse, incluidos la familia de trepador con lupino al frente.

Hubo muchos abrazos, alguna que otra lagrima, intercambios de regalos y muchos hasta siempre. *Trepador* se acercó a Gregorio, abrió su bolsa, sacó a Vórtice y lo levantó para que el marinero lo cogiera.

—He intentado cuidarlo lo mejor posible mientras tú no estabas—farfulló.

El pequeño cánido se puso muy contento de volver a ver a su amigo. Luego lo dejó en el piso y corrió a jugar entre los pies de *Trepador*.

– ¡Parece que te ha cogido cariño! –exclamó Gregorio–. ¿Por qué no sigues cuidando de él hasta que yo regrese? ¿Tú qué dices Vórtice?

El animalillo movió el rabo, asintió y se revolvió de alegría.

– ¿De verdad? ¡Muchas gracias, lo cuidaré muy bien! ¡Te lo prometo! ¿Y cuándo volverás?

– ¡Nunca se sabe! Puede que dentro de poco volvamos a haceros una visita en nuestro maravilloso barco nuevo.

– ¡Estaría bien! –la sonrisa del pequeño sedonio era un tanto amarga. No sé si porque no creía las palabras de Gregorio o porque le dolía demasiado el hecho de que sus amigos se fueran de la isla.

– ¿Ya sabes qué nombre de adulto usaras cuando hagas esa ceremonia que me contaste hace ya tiempo? –soltó como para evitar algún posible yanto.

– ¡No lo tengo claro del todo!

– ¿Y eso?

–Estoy dudando entre los tres nombres de mis héroes favoritos.

Un escalofrío muy cálido recorrió la espalda de Gregorio al escuchar aquello. Ese chaval los admiraba de verdad y era hora de decirle adiós a él y a todos los demás. Con el resto no sería tan delicado, era evidente que difícilmente volvería a ese lugar y si lo hacía sería después de muchos años y para entonces nada aseguraba que todo siguiera como hasta el momento. Por ejemplo, se le ocurrió que algún país con ganas de expandir terreno, como lo quisieron hacer los barlocks en su momento, podría arrasar ese lugar en un santiamén, talar sus bosques, esquilmar sus recursos y contaminar su habitad. Hasta convertir esa isla en un páramo desolado y sombrío.

De hecho, no fue así lo que pasó, pero si es verdad que actualmente quedan muy pocos sedonios en libertad y cada día que pasa sus bosques van desapareciendo y su agua, su tierra y su aire están cada vez más contaminados hasta el punto de que dentro de no demasiado tiempo, se habrán extinguido como hicieron tantas otras especies antes que ellos. Lo único que podría salvar a esos animales es que la humanidad se extinguiera antes que ellos. ¡Qué dilema!

Me he vuelto a desviar, centrémonos. Cuando los muchachos terminaron de despedirse y prepararon el barco para el viaje, soltaron amarras.

Capítulo 13

El viento era suave pero constante. El muelle de Isla Verina estaba a unas cuatro millas náuticas y el corazón de los muchachos latía con fuerza. Ansiaban volver a su hogar, esperaban que todo el mundo se alegrara de verlos sanos y salvos. Contarían su historia a todo el mundo y serían aclamados como lo eran en La Isla de la Seda. Quizá se les subió un poco a la cabeza el estatus de héroes, pero quien podría culparles.

Había pasado más de un año desde que salieron de ese mismo puerto al que ahora se acercaban. La gélida temperatura del agua delataba que estaban en enero o en febrero y pronto se dieron cuenta de que el clima no era lo único diferente.

Un grupo de gente se congregó en el muelle. Cuchicheaban y señalaban a los muchachos sin creerse del todo lo que estaban viendo sus ojos. Por lo Visto los habían dado por muertos a todos y ahora creían estar viendo a tres espectros errantes de los mares oscuros e inexplorados.

Arturo desembarcó para ayudar en el atraque y de repente dos guardias civiles emergieron de entre la turba.

— ¡Alto ahí! —anunció el más joven de los dos.

— ¡Hola, Amancio! —ese muchacho había crecido en el pueblo junto a ellos. Todos eran amigos, aunque a veces tenían sus pequeños rifirrafes–. Espera a que atemos los cabos y ahora vamos a echarnos unas cervezas–saltó Arturo.

– ¡De eso nada! –dijo el otro guardia.

– ¿Qué pasa? –Gregorio bajó del barco ya atracado y tendió una mano a su amigo–. ¿Hay algún problema?

– ¡Venid conmigo y hablamos por el camino! –Amancio no estrechó su mano, en vez de eso, la agarró y tiró de el sin ningún cuidado.

– ¡Eh, tranquilito! –Arturo se estaba poniendo nervioso y Benito hizo un amago de volver al barco a buscar su arco, pero tenía al bebé en los brazos. Gregorio hizo gesto para que se calmaran aquí no estaban en guerra, todo eso ya quedó atrás.

– ¿Pasa algo grave? –insistió Gregorio.

– ¡No me hagas esto, Gregorio, ven conmigo! –el guardia tocó unas esposas que llevaba colgadas al cinturón y el marinero entendió que el asunto era serio.

– ¡Vale, vamos a ver de qué se trata!

Mientras se alejaban, Benito pudo ver a una prima suya de sangre. Sin parar de caminar le dijo que cuidara del bebé hasta que todo se aclarase. La muchacha no daba crédito a nada de lo que estaba pasando. Su primo estaba vivo, se lo llevaban preso y tenía un hijo… casi se desmalla.

–Más tarde te lo explico–le dijo–. ¡Creo que tiene hambre, en el barco hay leche! –gritó mientras se perdía entre la marabunta de gente que avanzaba hacia el cuartelillo.

El cuartelillo era una estancia pequeña. En una parte estaban las mesas de los guardias y al otro las celdas. Los muchachos esperaban sentarse a hablar y puede que tomar algo mientras se resolvía algún malentendido. Pero eso no fue lo que pasó, nada más llegar y sin mediar palabra fueron encerrados en una de las húmedas y sofocantes celdas.

– Pero ¿qué hacéis? –Arturo era un manojo de nervios. Estaba agarrado con fuerza a los barrotes y las venas de su cara se hinchaban peligrosamente– ¡Sacadnos de aquí, nosotros no hemos hecho nada!

– ¡Eh, tú! Recuerda que estás hablando con la benemérita–espetó el guardia más mayor–. ¡Vigila lo que dices!

–Amancio… ¿Qué está pasando? ¿Cuál es el problema? –preguntó Gregorio en un tono más conciliador.

– ¡Lo siento, pero tenemos una orden de arresto contra vosotros!

– ¿De qué estás hablando? ¡NO HEMOS HECHO NADA! –gritó Arturo. Parecía que los ojos se le iban a salir de las orbitas, y no era el único. Gregorio y Benito no deban crédito a sus oídos y en sus caras se reflejaba su estupefacción.

–Roberto, el hijo de Fermín, os ha denunciado por robo–continuó Amancio–. Un día vino diciendo que llevabais meses sin aparecer por el puerto, dijo que sospechaba que os habías fugado con el barco de su padre para venderlo y encontrar un futuro mejor en alguna otra parte del mundo.

– ¡Eso no es lo que pasó! –interrumpió Arturo–. Nos atrapó una tormenta y… –en ese momento llegó Roberto, sudado y con cara de muy pocos amigos.

– ¡Ya me he enterado! –anunció–. ¿Dónde está? ¡Ah, ahí! –el muchacho se acercó a la celda, se encaró a Gregorio y habló lentamente–. ¿Dónde está mi barco?

–Encalló–confesó–. Al sur, muy al sur. Está en una bonita playa de arena amarilla y barreras de arrecife de coral. Nos atrapó la tormenta, no pudimos hacer nada por evitarlo y gracias a ello pasamos un año aislados en un lugar tan salvaje como inexplorado.

– ¿De qué estás hablando? –Roberto dios dos pasos a la derecha y buscó la mirada de Benito–. ¿Dónde está Bernardo, el maquinista? ¿Él está guardando el botín mientras vosotros volvéis a robarme algo más?

– ¡Bernardo está muerto! –musitó Benito–. Se cayó por la borda en mitad de la tormenta. Aún tengo gravada la imagen de su rostro justo antes de hundirse. Intentamos salvarlo, le tiramos una cuerda y la consiguió agarrar, pero la fuerza del mar era demasiado fuerte y acabó soltándose. Justo antes de tirar la toalla nos miró fijamente y pude sentir como se despedía de nosotros.

El silencio se adueñó, durante unos segundos, de la estancia. Luego, Roberto volvió a hablar.

– ¡Pamplinas! ¿Qué se supone que habéis estado haciendo en esa isla hasta ahora? –Gregorio sabía que no podía hablar de seres increíbles ni de guerras entre especies así que simplemente omitió una gran cantidad de detalles.

– ¡Sobrevivir! No fue fácil, estábamos solos, pero lo conseguimos. Logramos volver sanos y salvos y es así como nos reciben…

– ¿Sobrevivir? –insistió– Si solo os habéis dedicado a subsistir vosotros tres en un entorno hostil… ¿Cómo explicáis que hayáis vuelto en un enorme barco de vela? ¿Acaso lo habéis construido vosotros con vuestras propias manos? ¡Esto es absurdo! Estáis mintiendo descaradamente y no lo voy a permitir. Yo…

– ¡Basta ya! –Arturo no pudo aguantar morderse más la lengua–. Llama a Fermín, él seguro que lo entenderá todo–ese último comentario hizo que Roberto apretara los dientes, le lanzara una mirada asesina, se diera media vuelta y se fuera sin decir nada más–. ¿Qué pasa? ¿Va a ir a buscarlo o qué?

– ¡Lo siento muchachos! –dijo Amancio acercándose a la celda–. No sé cómo decirlo, pero resulta que Fermín llevaba bastante tiempo enfermo y…

– ¿Y? –saltó Gregorio preocupado.

–Y ha fallecido hace unos días. Lo siento–puede que la reacción que todos esperaban era que los tres se echaran a llorar desconsolados al enterarse, pero en vez de eso, se sentaron con el rostro desencajado y la mirada perdida. Realmente no lo asimilaban del todo. Necesitaban tiempo para digerir todo lo que estaba pasando y esa noticia no ayudaba. Finalmente, Benito reunió las fuerzas necesarias para volver a hablar.

– ¿Qué va a pasar con nosotros, Amancio?

– ¡No lo sé! –confesó–. El robo de un barco es un asunto peliagudo.

– ¿Al menos puedes avisar a alguien por mí? –preguntó Gregorio.

–No te preocupes por eso–contestó el guardia–. A estas alturas todo el pueblo sabrá que estáis aquí.

A quién Gregorio quería avisar era a su amada Marcela. No era el recibimiento que esperaba, pero aun así seguía queriendo volver a verla de inmediato. Había dejado un tema pendiente con ella antes del naufragio y quería zanjarlo para bien o para mal.

– ¡Tranquilo, Gregorio! –susurró Arturo mientras le daba una torpe palmada en el muslo a su amigo–. ¡Seguro que aparece por aquí en cuanto se entere de lo que ha pasado!

Amancio echó una última mirada compasiva a sus antiguos amigos, lanzó las llaves al aire para volver a cogerlas al vuelo y salió de la habitación.

– ¿Qué vamos a hacer? –saltó Benito después de un eterno e incómodo silencio.

– ¿A qué te refieres? –quiso saber Arturo.

– ¿A qué va a ser? ¡A lo del barco! –Benito se levantó y comenzó a andar nerviosamente por la celda–. Estamos en un apuro… nadie va a creer que ese barco lo hemos construido nosotros tres, sin herramientas ni nada. Pero si contamos lo de los sedonios nos tomarán por locos y estarán aún más seguros de que hemos robado el barco.

—Lo que deberíamos hacer es dejar que Roberto se quede con el barco de vela y nos dejarán libres–comentó Arturo.

— ¡Eso no pasará! –continuó Benito–. Ya lo habéis escuchado. Roberto quiere su barco. Nunca le hemos caído bien, siempre se ha creído superior a nosotros y ahora tiene la oportunidad de hacernos daño. Fermín ha muerto, ahora el negocio pasará a sus manos y…

— ¿Qué quieres decir con eso? –quiso saber Arturo.

—Que, aunque logremos librarnos de la cárcel, nos hemos quedado sin trabajo. Y dudo que nadie más nos quiera contratar ahora que tenemos problemas con la ley.

Benito y Arturo siguieron debatiendo largo rato sobre los pros y los contras de contarles la verdad a los guardias y a Roberto. Mientras, Gregorio solo podía pensar en su reencuentro con Marcela. Se imaginó a los dos juntos bajo el drago en el que hablaron por primera vez. Ella, radiante de alegría por volverlo a ver, y él, aseado, engalanado y condecorado por los sedonios. Con su espada envainada colgando de su cinturón. Él se acercaría con aires de marqués y ella se derretiría al volver a sentir sus fuertes brazos rodeándola y…

— ¡Gregorio! –saltó Arturo–. ¿Estás bien?

— ¿Qué? –el muchacho se había quedado pálido, mientras miraba absorto una mohosa gotera de la esquina superior de la celda. El color rojo sangre volvió a sus mejillas con la rapidez necesaria para que Arturo y Benito se dieran cuenta de que el joven marinero se había sonrojado–. ¡Sí, sí! Yo solo… pensaba en mis cosas.

Y la abrazaría, y la besaría, y la amaría y juntos los dos…

— ¿Seguro qué estás bien? –se preocupó Benito.

— ¡Sí, sí! Solo tengo un poco de hambre.

Los días pasaron lentos, con holgazanería y pereza. Los muchachos se impacientaban, pero no fue hasta el cuarto día cuando Roberto volvió a aparecer en el cuartelillo. Esta vez no entró hecho una furia, ni con ganas de morder a alguien en un ojo. Más bien llegó con los hombros gachos y la mirada esquiva. Se acercó a una de las mesas de los guardias, sacó un sobre del bolsillo interior de su chaqueta y la dejó caer como quien empuja al rey de su partida de ajedrez.

– ¡Dejadlos salir! –anunció–. Estos hombres están en todo su derecho de hacer con el barco lo que les venga en gana–nada más pronuncia la última palabra dio media vuelta y se fue.

Nadie daba crédito a sus ojos en la sala. Amancio se irguió en su silla para alcanzar el sobre. Lo abrió y comenzó a leerlo en voz alta para que todo el mundo se enterase.

No voy a aburriros con lo que la carta relataba con exactitud, puesto que eran más de tres hojas por delante y por detrás. Pero si os diré que era el testamento de Fermín y en él le dejaba el barco a Gregorio, además de un poco de dinero. Por lo visto, el viejo marino quería que el muchacho intentara labrarse una nueva vida lo más lejos posible si por algún motivo él moría.

Amancio volvió a doblar la carta y la metió en el sobre. Se acercó a la celda, sacó la llave y la abrió.

– ¡No podéis robar lo que es vuestro! –dijo en un tono suave y conciliador–. Siento mucho que hayáis tenido que pasar por esto y espero…

– ¡No pasa nada, Amancio! –Gregorio abrió la boca en una gran sonrisa al oler su libertad y lo agarró por ambos hombros–. Ven esta noche a la taberna, que te invitaremos a una cerveza. Olvidaremos todo esto y puede que incluso celebremos algo–le dio un beso en el cachete y salió disparado hacia la calle.

– ¿Celebrar algo? ¿De qué hablas? ¡Espera, Gregorio!

– ¡Déjalo…! –intervino Benito–. ¡Está enamorado!

El corazón le latía con fuerza y la respiración se le agitó. La brisa arrastraba la sal del océano y podía notarlo en la comisura de los labios. El deseo de encontrarla estaba haciendo que le pareciera verla a la vuelta de cada esquina.

Era medio día y el sol calentaba con fuerza desde lo alto. El calor hizo brotar una pequeña gota desde lo alto de su frente, la cual resbaló por su mejilla, para unirse a la sal del mar en sus labios. Fue entonces cuando se dio cuenta de que no podía dejar que Marcela le viera de esa manera. Había sobrevivido a un naufragio, había encontrado una extraña raza de seres fantásticos, se había convertido en guerrero, había luchado contra los barlocks, había sobrevivido durante cerca de un año para después volver y pasar recluido casi una semana. Quizá hubiera sido mejor darse un baño antes de ir a buscarla.

Un miedo le paralizó por completo. No estaba preparado para volver a verla, necesitaba volver a comprar flores y preparar algo romántico. Quizá un almuerzo en el estanque de su casa. Podría llevarla allí y...

Se dio la vuelta, cabizbajo, pensativo y se tropezó con alguien. Tardó un segundo en enfocar la mirada y una eternidad en darse cuenta de la situación. Era ella, estaba plantada delante de él y parecía estar igualmente desconcertada.

– ¡Ho... hola! –consiguió decir Gregorio. Marcela le miró como si estuviera viendo a un fantasma y se llevó una mano a la boca, incrédula.

– ¡Escuché algo de que habías vuelto... pero no quise creerlo! –marcela se giró para no tener que mirarle directamente a los ojos– ¡Te dimos por muerto! ¡Yo te di por muerto!

–Pero no lo estoy. ¡He vuelto! –Gregorio se acercó a ella y le puso una mano en el hombro. Marcela retrocedió instintivamente.

–No puedes volver así como si nada. Yo...–Marcela se cayó de repente. Disfrazó la preocupación de su cara con una sonrisa prefabricada, apartó a Gregorio y caminó hacia un hombre que venía hacia ellos portando en sus brazos con un pequeño bebe de cabellos del color del astro rey. El hombre era elegante, estiloso y bastaba con echar un vistazo a su reloj suizo para darse cuenta de que no le iba mal en los negocios. Gregorio se volvió sin comprender y los observó con expectación– ¡Gregorio, este es…Jonathan, mi marido!

Agradecimiento especial a mi novia Carolina, a mi madre, a mi hermano Jacobo por ayudarme en las presentaciones, a Saray Rodríguez y en general a todos los que han hecho posible que este libro vea la luz. Muchas gracias a todos.

Printed in Great Britain
by Amazon

83622480R00102